Philippe Horvat

Le soir des Esprits
La Trilogie des Esprits /1

AF132081

Philippe Horvat

Le Soir des Esprits

www.lesesprits.fr

Éditeur : BoD-Books on Demand, 12/14 rond point des Champs
Élysées, 75008 Paris, France
Impression : BoD-Books on Demand, Norderstedt, Allemagne

ISBN : 978-2-322-12312-4
© Philippe Horvat

Dépôt légal : juin 2018

à Fanfan

Réveil

Mission Erendiz
Le jeudi 11 juin 2043, 21h23 UTC

Le faisceau aveuglant des projecteurs encastrés dans son nez profilé déchire la nuit épaisse. Dans un grondement qui fait vibrer les rails, qui enfle inexorablement pour devenir un tonnerre de métal, la locomotive se précipite à une vitesse folle vers l'imprudente désorientée, qui erre sur les voies, titubant sur le ballast inégal, le ventre noué de terreur. Le monstre hurle de toute la puissance de ses sirènes tandis qu'il fond sur la malheureuse soudain tétanisée.

Bee se réveille subitement, ouvre des yeux hagards sur la lumière crue qui baigne le cocon. Ses paumes collées sur ses oreilles que vrille l'avertisseur sonore de la procédure d'éveil d'urgence, le pouls à une vitesse folle, elle prend contact avec la réalité.
Les images de ce vieux film 2D des années '10, le tumulte du train dans la nuit, font place à la soudaine mobilisation de toute son énergie, avant même que son esprit n'ait pu réaliser le changement abrupt de situation. D'un poing énergique elle percute le gros bouton rouge qui clignote à côté d'elle sur la cloison incurvée, et soudain tout s'arrête. Restent le cognement frénétique de son coeur affolé dans sa poitrine, et le bourdonnement de ses oreilles encore meurtries par la clameur de la sirène.
Puis elle s'apaise, peu à peu, prend conscience de l'apesanteur, et de sa nudité. Elle se sent flotter dans le léger harnais qui la maintient sur la couche à mémoire de forme qui moulait son dos et soutenait sa tête lors de l'accélération du vaisseau, au départ de la station Lagrange 4.

Le silence, maintenant. Total. Epais, opaque. Même le doux bruit blanc, feutré, que les transducteurs du cocon diffusent en permanence pendant le sommeil des voyageurs s'est tu.

Et voilà qu'une belle voix mâle, ferme et assertive, s'élève dans le calme retrouvé. C'est celle du vocaliseur du CyberCerveau, l'ordinateur de bord du vaisseau Erendiz, que Bee avait choisie pour son caractère rassurant, lors du paramétrage des interfaces de service du module de l'équipage.

Dans un franglais impeccable, posément, ce dernier informe Bee/ A96H70C[Capitaine] qu'une urgence de niveau 5 est survenue.

La pensée encore lente malgré la montée d'adrénaline qu'a provoqué son réveil soudain, elle dégrafe les sangles qui la maintiennent encore, et en prenant appui sur l'accoudoir pour prévenir le recul que ne manquerait pas de produire tout mouvement dans la totale apesanteur de la cabine, elle insère son avant-bras dans l'alvéole sombre en forme de gouttière à côté d'elle. L'automate lui injecte dans une veine du poignet de quoi contrer le sédatif qui la maintenait en léthargie, assorti de glucose et de caféine. En quelques instants la voilà alerte.

Tandis qu'elle s'extirpe du cocon et progresse en flottant, de poignée en poignée, vers la console de contrôle de la cabine principale, le CyberCerveau Dan/QR503AV[CyBrain] l'informe posément et succinctement de la situation.

Le système de détection de collision du vaisseau surveille attentivement l'espace tout au long de l'interminable trajectoire de transfert entre la Terre et Callisto, le quatrième satellite galiléen de Jupiter. Tout particulièrement entre l'orbite de Mars et celle de la planète géante, dans la ceinture que forment des millions d'astéroïdes grands et petits, le risque de se trouver sur la route d'un caillou se déplaçant à des dizaines de kilomètres par seconde n'est pas complètement nul.

Même un corps rocheux de quelques centimètres seulement peut causer des dégâts mortels. La taille considérable du vaisseau Erendiz, et surtout celle de ses vastes modules abritant le fret destiné à l'implantation de la nouvelle station d'étude permanente sur Callisto, font de lui une cible large et vulnérable.

Les caméras embarquées, ultrasensibles, tant en lumière visible qu'infrarouge et ultraviolet, ainsi que les radars, scrutent donc en permanence l'espace traversé afin de pouvoir décider, suffisamment tôt, d'un minime changement de trajectoire qui, tout en ne compromettant pas globalement l'orbite qui doit amener l'engin à bon port, lui évitera une collision désastreuse.

Les membres de l'équipage endormi n'ont pas pu percevoir les deux ajustements de trajectoire que le CyberCerveau de la mission Erendiz, Dan/QR503AV[CyBrain], a décidé pendant leur long sommeil. Foy, Ugo et Luka, en hibernation profonde pour l'interminable voyage de 1073 jours, presque trois ans, qui doit les amener de la proche banlieue de la Terre, la grande station orbitale Lagrange 4, jusqu'à Callisto, qui orbite autour de Jupiter, ne peuvent être ramenés de leur quasi-coma qu'en quelques heures au mieux.

Seule Bee, la responsable de la mission et capitaine de l'équipage, alterne des périodes de sommeil profond et des périodes de veille, de manière à pouvoir être mobilisée promptement, pour répondre aux cas d'urgence requérant un décideur humain capable de réactions rapides. En effet, compte tenu de la position relative d'Erendiz, qui a déjà dépassé l'orbite de Mars, et de la Terre, les signaux radio de contrôle et de télémétrie provenant du poste de commandement de Lagrange 4 mettent presque six minutes à parvenir au vaisseau. Un tel décalage de temps n'est pas propice à une bonne réactivité dans le cas d'une situation critique, d'autant plus que ce délai va continuer à croître jusqu'à l'arrivée dans le voisinage de Jupiter, jusqu'à atteindre 48 minutes, ce qui fait plus d'une heure et demi pour un aller-retour des signaux radio.

Bee n'a pas encore eu le temps de s'installer devant la console de la grande cabine, mais déjà, les informations vocales fournies par Dan/QR503AV[CyBrain] sont limpides : le vaisseau a détecté un petit astéroïde qui se déplace sur une orbite très excentrique, inclinée d'une douzaine de degrés par rapport au plan orbital de la Terre, de Jupiter et du vaisseau.

Le petit corps a passé il y a un mois son point le plus proche du Soleil, à la même distance à peu près de celui-ci que ne l'est l'orbite de Mars.

Déjà il s'en éloigne à nouveau, sur une trajectoire très allongée, comme le serait celle d'une comète. D'après les calculs du CyberCerveau, l'orbite de l'astéroïde va l'amener au-delà de celle de Neptune avant qu'il n'amorce son retour.

Jusque là rien que de très banal ... L'intérêt de Bee s'éveille lorsqu'elle apprend que de toute façon, si cet astéroïde s'approche bien du vaisseau, à la vitesse de 4532 mètres par seconde par rapport à celui-ci, une collision n'est pas à craindre, car les deux corps se rateront de plusieurs centaines de kilomètres.

Alors, pourquoi l'avoir réveillée ?

Le CyberCerveau, avec un petit rire (l'humour, la dérision et la taquinerie sont des options que Bee avait cochées lors de la programmation du vocaliseur du CyberCerveau) précise alors que l'astéroïde, déjà baptisé "2043KP33" selon la nomenclature en vigueur, est une AM, une "Anomalie Majeure".

Sur l'écran holographique de la console de contrôle défilent lentement des chiffres. Un nombre en surbrillance accroche le regard de Bee :

 Albedo = 0,97

La bouche entr'ouverte d'étonnement, elle parcourt les autres données, et l'historique de l'analyse.

Le système de détection du vaisseau a repéré l'astéroïde très tôt, le prenant pour un banal corps rocheux long de sept ou huit mètres, à en juger d'après la brillance de l'objet. Puis le doute s'est installé lorsque les mesures radar ne concordaient pas avec les mesures optiques, et que ces dernières indiquaient un corps nettement plus petit, long d'un peu plus de deux mètres seulement.

La conclusion est immédiate, et stupéfiante : 2043KP33 reflète la lumière comme le ferait un corps d'un blanc aveuglant : son pouvoir réfléchissant, son albédo, est proche de 100%. Ce n'est pas un vulgaire cailloux perdu, c'est.... Bee ne sait pas...

Dan/QR503AV[CyBrain] ne lui délivre qu'au compte-goutte les informations, pour lui laisser le temps de comprendre, d'assimiler.

L'immense vaisseau Erendiz, qui transporte une masse considérable de fret vers le système de Jupiter, croise une Anomalie Majeure... Mais que peut-elle apporter de plus, elle, Bee ?

Puisque le système de surveillance automatique du vaisseau peut envoyer vers la Terre l'ensemble des données collectées, et que la Terre peut demander et piloter à distance des analyses complémentaires, alors que pourrait-elle, elle, faire de plus ?

Dans quelques heures, l'astéroïde passera au plus près du vaisseau, puis s'en éloignera pour regagner les confins du système solaire. D'après les paramètres orbitaux qu'affiche la console, le visiteur partira à plus de quarante-quatre fois la distance Terre-Soleil, pour ne revenir que dans cent dix ans.

C'est alors qu'après une petite toux, et une apparente hésitation, le CyberCerveau lâche le mot crucial : "Artefact"...

En avant de l'écran apparait alors, flottant dans l'air, une image holographique comme celles fournies par les cyber-professeurs dans les cours de géométrie : un cône parfait, dont la hauteur semble égale au diamètre. Parfait. Blanc.

Bee, en apesanteur devant la grande console incurvée, maintenue dans le fauteuil par le baudrier qu'elle a eu le temps de boucler, ne peut s'empêcher de sursauter, ce qui l'aurait propulsée vers le "plafond" de la cabine si elle ne s'était pas attachée.

Un artefact. Un objet manufacturé par un être intelligent. Un objet improbable que la nature ne saurait créer qu'au prix d'un concours de circonstances dont la probabilité est infime.

Les mains crispées sur les accoudoirs, jusqu'à faire blanchir ses phalanges, Bee, sans conviction prononce : "Junk".

La dénégation du CyberCerveau est immédiate : non, ce n'est pas du "junk", car d'après les bases de données, aucun capot oublié de station spatiale, aucun étage de fusée largué par un propulseur, aucun satellite d'observation abandonné ne peut correspondre à 2043KP33. Surtout pas sur une orbite aussi excentrique et inclinée, avec cette géométrie et cet albédo particulier.

L'Anomalie que croise Erendiz est un objet fabriqué, un artefact provenant d'ailleurs.

Le vocaliseur de Dan/QR503AV[CyBrain] se tait quelques instants, afin de laisser à Bee le temps de penser et d'accepter cette nouvelle réalité.

2043KP33 n'est pas un astéroïde naturel, mais il n'a très probablement pas été fabriqué par l'homme.

Dans l'esprit de Bee les légendes d'aliens visitant le système solaire déferlent, tous ces produits de l'inconscient collectif, tous ces phantasmes d'invasion. Toutes ces histoires qui ont si abondamment alimenté la littérature et le cinéma, les blogs et les réseaux sociaux.

Et pourtant ! Bien que la communauté scientifique soit maintenant arrivée à la quasi-certitude qu'il est impossible qu'il n'y ait pas, dans l'univers connu, d'autres civilisations technologiques que notre humanité, presque un siècle de recherches, de scrutation du ciel se sont avérées infructueuses. "Ils" sont quelque part, mais bien trop loin, bien trop isolés pour qu'un contact soit possible. Et même s'ils étaient suffisamment proches pour qu'un échange de signaux radio soit envisageable, voire une visite, il faudrait encore que leur civilisation et la nôtre soient contemporaines. Quelques siècles trop tôt ou trop tard, et nous les manquerions. Quelques siècles, un battement de coeur dans la longue vie de l'Univers.

La voix du vocaliseur s'élève à nouveau. Le Centre de Contrôle, sur Lagrange 4, assisté de tous ses systèmes experts, est arrivé à la conclusion que l'Anomalie Majeure, l'astéroïde mystérieux, présente une probabilité de 96% d'être un artefact, un objet manufacturé.

Après plusieurs échanges entre le CyberCerveau du vaisseau et Lagrange 4, malgré le long délai de douze minutes imposé par le retard de transmission, une première décision a été prise, alors que Bee dormait encore.
Le vaisseau Erendiz va modifier sa trajectoire pour effectuer dans une douzaine d'heures un "fly-by", un survol de l'astéroïde à moins de quelques centaines de mètres, tandis que celui-ci se rapproche à la vitesse de quatre kilomètres et demi par seconde.
Si d'ici là, alors que toutes les ressources du vaisseau vont être mobilisées pour mieux identifier l'Anomalie, la probabilité d'un véritable artefact montait à 99%, la mission d'Erendiz serait modifiée.

Les caméras intelligentes et les systèmes d'analyse physionomique qui scrutent le visage de Bee ne peuvent pas manquer sa stupéfaction à ces mots.
Dan/QR503AV[CyBrain] poursuit toutefois.
Si la mission est modifiée, le nouveau plan de vol consistera tout d'abord à entamer le réveil des trois équipiers en hibernation profonde.
Ensuite, pour permettre une maniabilité suffisante et pouvoir changer de trajectoire pour suivre l'astéroïde, compte tenu de la puissance des moteurs ioniques du vaisseau et de la masse de propellant disponible dans les réservoirs, le vaisseau va larguer les énormes modules de

fret destinés à la station sur Callisto, la quatrième grande Lune de Jupiter.

En effet, à cause de la masse considérable des équipements destinés à l'installation sur Callisto, une trajectoire économe en énergie, dite de Hohmann, a été initialement adoptée. La puissance du moteur ionique disponible est suffisante pour l'injection sur la bonne orbite, pour l'accélération finale permettant de suivre l'orbite du système Jupitérien, ainsi que pour les manoeuvres finales d'atterrissage (ou plutôt d'"accallistage" ?).

Mais, bien sûr, un changement de vitesse de deux mille cinq cent mètres par seconde, avec l'ensemble du fret, pour se caler sur l'orbite de 2043KP33 et s'y arrimer, puis la dépense supplémentaire d'énergie pour reprendre une trajectoire permettant un retour sur Terre ou une arrivée sur Callisto sont totalement exclus.

La décision d'examiner de près l'Anomalie, de s'y arrimer et de la capturer, imposerait donc l'abandon de la mission vers Callisto et le sacrifice du fret, qui poursuivrait sa route vers Jupiter, jusqu'au rendez-vous prévu, mais serait incapable alors, faute de moyen de propulsion, de se poser sur le satellite.

Bee, malgré la caféine que l'automate lui a injectée, malgré l'excitation du moment, sent le vertige la prendre, comme si elle se trouvait en hypoglycémie.

Le CyberCerveau, assisté des caméras intelligentes et du système expert, détecte immédiatement la confusion de Bee/ A96H70C[Capitaine], et le manchon télescopique à droite de la console se déploie, lui présentant la tétine salvatrice et son cocktail de glucose et de nutriments. Bee absorbe un peu de liquide sucré et parfumé à l'orange, et très vite se sent mieux.

Pour occuper son temps, pendant l'attente de nouvelles informations qui détermineraient le devenir de la mission, elle interpelle la console, réclamant un tutoriel circonstancié sur les astéroïdes atypiques, les changements orbitaux improvisés, les outils d'analyse des corps inconnus.

Mission Erendiz
Le jeudi 11 juin 2043, 23h37 UTC.

Elle n'a pas longtemps à attendre. Cinquante trois minutes après le dernier message de Dan/QR503AV[CyBrain], la voix du vocaliseur s'élève à nouveau, tandis qu'une nouvelle image tridimensionnelle de l'Anomalie se superpose au document que Bee est en train de lire.
Cette fois, l'étrange objet qui pivote très lentement sur lui-même présente aux caméras du vaisseau sa base circulaire. Là, au centre du cercle blanc, un disque nettement plus petit, d'un noir d'encre, se découpe. Et autour, un étroit cercle concentrique noir de diamètre apparemment double, à peine visible au grossissement maximal que permettent les capteurs optiques.

Bee n'a pas besoin d'écouter la belle voix grave du vocaliseur pour savoir que, bien évidemment, la mission Erendiz vient de changer radicalement.
Le coeur battant, elle valide le réveil de ses coéquipiers, que le CyberCerveau, compte tenu de la directive UP9807 du Règlement des Voyages Interplanétaires, lui demande de confirmer.
Déjà elle entend, propagée à travers le métal de la coque, la détonation des boulons explosifs qui désolidarisent de la capsule de propulsion et du module de commande les grands conteneurs de fret.
Puis, presque immédiatement, le CyberCerveau l'invite à regagner sa couchette et à attacher son baudrier. Les propulseurs ioniques vont se réveiller, et la pesanteur, qui avait disparu depuis le départ de la mission, après l'injection du vaisseau sur son orbite de transfert, va à nouveau la coller dans sa couchette.
En se déplaçant de poignée en poignée elle regagne son cocon et s'allonge avec appréhension. La voilà installée. A côté d'elle, à portée

de sa main, l'écran tactile se réveille et diffuse une douce lumière. Tout près, l'oeil invisible de la micro-caméra qui la surveille est signalé par un petit voyant rouge qui pulse doucement.

La voix du vocaliseur égrène un compte à rebours, et le murmure ténu des moteurs remplit le cocon. Subitement, Bee se sent collée au fond de la couche, avec la pesanteur retrouvée, et c'est presque avec surprise qu'elle éprouve le poids de son bras lorsqu'elle tend la main vers l'écran pour y demander l'affichage de l'image de l'astéroïde.

En adoptant l'accélération standard de 1g préconisée par le plan de vol modifié, qui donne aux objets le même poids que sur Terre, il ne faut qu'un peu moins de huit minutes pour passer des 27,61 km/s que parcourrait Erendiz sur son orbite aux 32,14 km/s de l'astéroïde 2043KP33.

Bien qu'elle soit rompue à ce type de manoeuvre, Bee ne peut réprimer un peu d'anxiété. Elle sent au creux de son cou battre le sang dans son artère carotide, et ses mains, tout à l'heure sèches, sont maintenant devenues moites.

Elle comprend que c'est davantage l'incongruité de la situation, l'abandon de cette mission vers Jupiter, qu'elle a préparée depuis plusieurs longues années, que cette modeste accélération de changement d'orbite qui la rend nerveuse.

C'est toutefois avec un soupir de soulagement qu'elle salue l'apesanteur retrouvée, l'impression délicieuse de flotter comme dans une piscine où les mouvements ne seraient pas entravés par la résistance de l'eau. Le vaisseau se déplace maintenant sensiblement à la même vitesse que l'Anomalie, et pendant quelques heures, de très minimes ajustements, à faible puissance, vont lui permettre de s'approcher en douceur du mystérieux objet, tout en l'observant en détail.

La voix du CyberCerveau annonce que la réanimation de Luka/ 3KY5221[Navigateur], Foy/Z2W42UP[Psy] et Ugo/ MUZ1P45[Mécano] est entamée et sera effective dans quinze heures, et que l'accostage de l'Anomalie Majeure 2043KP33 est prévu le 13 juin vers 17 heures.

Depuis son soudain réveil, il y a encore si peu de temps, tant de choses se sont sont passées, tant de surprises, d'informations à percevoir, à analyser et à accepter. Bee, maintenant qu'elle se sent démobilisée et qu'elle est apaisée par la décision prise, et par la perspective de pouvoir interagir avec ses équipiers, prend conscience d'elle-même. Du besoin de penser à elle, de se préparer à la nouvelle mission qui va réellement débuter dans quelques heures.

Les notions de nudité et de pudeur se sont progressivement évanouies dans son équipe. La complicité et la proximité croissante, au fil des années de préparation intensive ensemble, a levé depuis longtemps leurs dernières inhibitions sociales.

Mais les experts en soutien sur Lagrange 4, ainsi que Foy, la psy de l'expédition, soucieux de la santé psychique de l'équipage, encouragent l'expression des différences personnelles, les coquetteries, les originalités. Pas d'uniforme qui dépersonnalise les équipiers : pour un voyage d'au moins deux fois trois ans, il est important que chacun ait la possibilité de rester lui-même, de conserver ses particularités, afin de pouvoir supporter les inévitables situations de stress.

Bee prend ainsi le temps, pour son confort et son bien-être, et l'affirmation d'elle-même face aux responsabilités à venir, d'enfiler la combinaison moulante en tissu bionique pourpre qu'elle affectionne. Face à l'écran de la console qui lui renvoie sa propre image, elle se sourit, et ajuste suivant son humeur du moment la couleur de ses yeux en réglant au mauve pâle ses cornées à cristaux liquides. Puis elle attache en chignon sur le sommet de sa tête sa chevelure crépue écarlate, et enfile les bottines rouge sombres à semelles Velcro qui faciliteront sa progression dans le vaisseau, où elle pourra s'accrocher aux bandes disposées tout au long des coursives et dans les cabines.

Après s'être maquillée longuement, et discrètement parfumée, elle se sent beaucoup mieux.

Puis elle prétexte les ajustements de trajectoire qui de temps en temps remuent le vaisseau, le font pivoter, accélérer, décélérer, comme bousculé par les coups de pouce d'un géant, pour rester allongée dans son cocon, à boire, manger les aliments pâteux offerts par l'automate, ruminer les événements qui viennent de déferler.

Elle repense aux trois premiers mois et demi de voyage qui ont été si paisibles. Ugo, Foy et Luka sont restés plongés dans un profond sommeil artificiel qui devait durer trois ans, connectés à leurs automates de survie par une profusion de tubes et de fils, surveillés, nourris. Leurs muscles stimulés électriquement pour éviter leur atrophie, leur activité cérébrale scrutée en permanence. La première semaine après leur endormissement, des épisodes de sommeil paradoxal les agitaient parfois, au gré des rêves secrets qui les parcouraient. Depuis de longues semaines cependant, ils sont allongés inertes comme des momies.

Bee, quant à elle, endormie le plus souvent, réveillée tous les deux semaines pour une journée que les opérations de routine obligatoires ne parvenaient pas à remplir, voyait doucement passer ces épisodes de veille, qu'elle occupait à lire sur la console des livres anciens, Arthur Clarke, Isaac Asimov, Philip K. Dick, et d'autres, beaucoup plus anciens encore, Jules Verne, J.-H. Rosny aîné, Edgar Rice Burroughs…

Une littérature datée, largement oubliée, mais dont elle ne pouvait s'empêcher de saluer l'éternelle fraîcheur.

Mais maintenant, tout a basculé. La mission est avortée. Lagrange 4, de commun accord avec les systèmes experts embarqués dans le vaisseau, a décidé que l'exploration d'un astéroïde bizarre rencontré fortuitement devenait prioritaire.

Bee/A96H70C a encore du mal à en évaluer toutes les implications, à en mesurer l'importance. Le monstrueux projet de conquête des lunes de Jupiter, que NATO a entrepris dès la fin de la Guerre Globale[1], les budgets pharaoniques mis en jeux, les équipements titanesques mis en oeuvre, oubliés en quelques heures ! Pour un astéroïde...

2043KP33 doit être bien étrange, pour provoquer un si radical changement de plan.

Pelotonnée dans la pénombre du cocon, bercée par le murmure du bruit blanc que diffusent les transducteurs, éclairée par instants, comme par un kaléidoscope, par la lumière douce et colorée qui palpite sur l'affichage holographique de la petite console, Bee/ A96H70C rêvasse, soupèse, imagine.

Pendant ce temps, dans leurs hibernateurs, ses trois compagnons amorcent le lent retour à la vie, la lente accélération de leur rythme cardiaque, pilotée par les nombreuses machines qui les environnent. Déjà leur électroencéphalogramme, par petites salves timides d'ondes beta, reprend peu à peu une forme régulière.

Pendant ce temps également, un flux continu de données transite des nombreux capteurs thermiques, optiques, radioélectriques braqués sur l'Anomalie, vers le CyberCerveau d'Erendiz. Les trois antennes paraboliques du vaisseau, braquées vers un point brillant minuscule, la Terre, perdu dans l'immensité d'un ciel parsemé d'étoiles, transmettent en permanence des TéraOctets de données qui seront décortiquées, analysées, traitées par les puissants cerveaux électroniques de Lagrange 4 et des stations au sol.

www.lesesprits.fr/11juin2043

---

[1] Guerre Globale : voir l'article de Wikicycla, page 177

Contact

Encore un peu hagards, Foy, Luka et Ugo s'extraient de leurs cocons et se dirigent, en progressant de poignée en poignée, vers la grande console de contrôle de la cabine centrale.

Bee, dont les yeux étaient rivés sur l'image holographique du grand cône immaculé, qui flotte, irréelle, une quarantaine de centimètres en avant de l'écran sombre du moniteur, les entend et se retourne. Elle les voit émerger un à un de la coursive.

Luka, en premier, coule son long corps à la peau noire comme la nuit jusqu'au premier fauteuil dans lequel il se sangle. Il pose un court instant ses yeux intelligents aux iris encore gris sur la silhouette superbe de Bee, qui s'est effacée pour le laisser passer. Elle relève l'ébauche de sourire de son coéquipier, dont le regard passe immédiatement à l'objet improbable que le moniteur exhibe, puis à l'horodateur juste au-dessus, dont les secondes défilent. Sa bouche s'entrouvre de stupéfaction.

Déjà Ugo, à la peau aussi spectaculairement pâle que celle de Luka est sombre, fait son apparition dans la cabine. Il jette à Bee un regard appuyé, de tendresse, de connivence, presque d'étonnement de la revoir après son retour du néant de l'hibernation. Ses mains fines et nerveuses se posent sur les épaules de Bee, qui sent ses phalanges se contracter lorsque, les yeux écarquillés, il fixe lui aussi l'objet étrange.

C'est Foy à la peau couleur de miel, arrivée la dernière, qui exprime tout haut la question que tous trois se posent : l'horodateur affiche le

13 juin 2043, le voyage vers Jupiter est très loin d'être terminé, pourquoi les réveille-t-on ? Et qu'est-ce que ce cône blanc, objet de tant d'attention ?

Foy, la psy de l'équipe, dont le rôle délicat est notamment d'aider à gérer les situations de stress et les décisions difficiles, perçoit immédiatement, dans le regard et la posture de Bee, la tension extrême de la situation. Elle comprend que ce qui se passe est étrange, inattendu, dérangeant.

Elle s'efforce de rester un instant en retrait, de ne pas tenter d'endiguer le flot de questions qui fusent soudain de Luka et d'Ugo, que la Capitaine, les deux mains levées pour demander le silence, ne parvient pas tout de suite à tarir.

Lorsque le silence finalement se fait, et que ses équipiers, impatients de comprendre, la regardent tous trois, Bee essaie quelques instants d'organiser ses idées, de maitriser ses émotions avant d'expliquer la situation.

Puis lentement, avec des mots posés, elle raconte l'astéroïde, la découverte de sa singularité, et la décision prise par Lagrange 4 de modifier leur mission. Elle explique qu'Erendiz a déjà changé d'orbite, qu'il est tout près d'un objet très étrange, et qu'eux quatre, pour la première fois dans l'histoire, vont toucher un artefact produit par une intelligence non humaine, lancé sur une orbite qui ressemble à celle d'une comète.

Pendant ce temps, déjà loin derrière eux, déjà invisible sans l'aide des télescopes, le formidable chargement de machines et de matériaux, destiné à la construction de la première base permanente sur une Lune de Jupiter, poursuit seul sa trajectoire aveugle dans l'immensité. Le timbre profond du vocaliseur de Dan/QR503AV[CyBrain], s'élève alors pour préciser les paramètres orbitaux de l'astéroïde 2043KP33, ainsi que le déroulement des opérations, telles qu'elles sont proposées par le CyberCerveau, et approuvées par Sven/ 3LGY789[Superviseur], l'ingénieur en chef resté sur Lagrange 4.

Selon les stipulations de la directive UP0021 du Règlement des Voyages Interplanétaires, la décision finale appartient toutefois, en théorie, au capitaine du vaisseau.

Dan/QR503AV[CyBrain] annonce que dans deux heures environ, le 13 juin 2043, à 17h23 UTC, Erendiz pourra rentrer en contact avec l'astéroïde. Les bras télémanipulateurs du vaisseau pourront alors saisir le cône blanc et le faire entrer dans le grand sas, qui ne sera pas pressurisé, et maintenu ouvert. Là, les instruments pourront sonder 2043KP33, mesurer ses paramètres physiques et chimiques, et tenter d'en extraire des informations.

Les regards convergent vers le visage du capitaine, qui à son tour interroge des yeux chacun des ses équipiers. Un à un, ils hochent la tête en signe d'assentiment.

Le CyberCerveau qui analyse leurs mimiques, leurs moindres clignements de paupières, a déjà compris, mais Bee, pour la bonne forme, déclare alors à haute voix que la mission est approuvée par l'équipage, à l'unanimité.

Elle demande également l'ouverture du grand hublot, que l'orientation du vaisseau, qui tourne le dos au soleil, rend possible. Ils entendent alors, superposé au souffle continu de l'installation de ventilation et de renouvellement de l'air, le léger grondement des moteurs lorsqu'ils font glisser l'écran anti-radiations qui masque la large baie ouverte sur l'espace, sur le flanc du vaisseau. Puis, instantanément et silencieusement, le CyberCerveau désactive les deux polariseurs croisés qui obscurcissent encore la vue sur l'immensité, et la splendeur d'un ciel noir d'encre parsemé de myriades d'étoiles les saisit. Un point clair, ou plutôt une tâche, bien visible, brille plus fort : 2043KP33 est maintenant proche.

Ile restent pensifs tous les quatre, le regard fixé sur le nouveau but de leur mission, qui grossit imperceptiblement dans l'immensité étalée devant eux.

Ils se ressaisissent après quelques minutes et s'arrachent à leur contemplation et Foy, Ugo et Luka regagnent la coursive en direction de leurs modules respectifs. Ils ont beaucoup à faire dans le court laps de temps qu'il leur reste avant l'arrimage de l'astéroïde.

Dès qu'ils ont disparu, les polariseurs masquent à nouveau le ciel, et, lentement, le massif volet anti-radiations glisse sur le hublot pour l'obturer. Inutile de trop entamer la dose totale de rayons cosmiques autorisée durant la mission.

Bee retourne à la console de commande, donne quelques ordres, et la grande fenêtre maintenant opaque qu'était le hublot devient l'écran de visualisation grand format que va utiliser Dan/QR503AV[CyBrain]. On y voit, sur un fond noir sans étoiles, l'Anomalie qui s'est encore approchée, et, comme en filigrane, de fines lignes oranges figurant les trajectoires du vaisseau et de sa cible. En bleu clair défilent, dans un coin de l'écran, les coordonnées écliptiques d'Erendiz et de 2043KP33, la distance qui les en sépare, ainsi que l'éloignement de la Terre et du Soleil qui sont hors champ pour le moment, et enfin la durée de propagation des signaux radios vers et depuis la Terre.

Sur le plus petit écran de la console, des colonnes de chiffres défilent, que le Capitaine ne regarde pas : il est bien plus simple, si elle veut connaître une donnée particulière, plutôt que de la chercher dans la profusion des informations proposées, de poser la question verbalement à Dan/QR503AV[CyBrain].

Mission Erendiz, le samedi 13 juin 2043, 16h57 UTC.

Luka revient dans le grand module de contrôle. Tandis qu'il se fraie un chemin vers la console de commande, Bee le détaille d'un oeil amical.

Luka, qui a besoin de se sentir à l'aise dans cette situation imprévue où il lui faudra, plus que jamais, rester lui-même afin de pouvoir mobiliser efficacement ses ressources, a opté pour une tenue qui lui est coutumière et confortable. Un pantalon moulant et un débardeur en tissu thermorégulateur, tous deux d'un blanc immaculé, laissent largement voir sa peau très noire qui luit doucement dans la lumière changeante de l'écran de la console. Son crâne est rasé de frais et ses grands yeux rieurs montrent les iris d'un brun chocolat clair qu'il a programmé au moyen de ses cornées à cristaux liquides.

Tandis qu'il prend connaissance des paramètres orbitaux, et confirme le scénario de capture que le CyberCerveau a pré-calculé, son coéquipier Ugo s'approche à son tour de la console. A sa ceinture, les pochettes contenant le petit outillage indispensable au mécano du bord, la multi-pince auto-tactile en titane brossé, le tournevis électronique polyvalent, et d'autres appareillages que lui seul maîtrise, oscillent doucement tandis qu'il flotte en apesanteur.

Il porte comme à son habitude une combinaison d'un bleu de nuit, sans manches, qui contraste avec la blancheur de son visage et de ses bras nus, et des bottes à semelles Velcro noires. Ses cheveux d'un blond très pâle, qui avaient poussé pendant son hibernation, coupés maintenant courts par le robot polyvalent de sa cabine, encadrent son visage régulier, aux sourcils à peine visibles et au nez droit en lame de couteau. Ses cornées à cristaux liquides lui font le regard bleu acier qu'il affectionne. Bee, qui le regarde intensément, sent bien que la tendresse qu'elle éprouve pour le beau ténébreux pourrait bien, une fois de plus, effacer la froide objectivité qui sied à son rôle de capitaine du vaisseau.

Ils contemplent tous trois l'image tridimensionnelle de 2043KP33 maintenant tout proche. L'étrange objet blanc tourne, lentement, autour d'un axe approximativement perpendiculaire à l'axe du cône, et laisse voir, à chaque tour, obliquement sur sa base circulaire, le petit cercle noir que les caméras avaient repéré, ainsi que le fin anneau qui l'entoure.

La procédure proposée par le CyberCerveau est simple : le vaisseau, qui a déjà pivoté pour présenter à l'astéroïde la bouche béante du grand sas, va à 17h16 UTC envoyer le télémanipulateur n°7 vers le cône mystérieux, pour le toucher, et lui donner une très légère impulsion afin de provoquer un déplacement et de pouvoir ainsi évaluer sa masse, que les mesures gravimétriques à distance n'ont pas pu déterminer. Lorsque les doigts du télémanipulateur l'auront saisi, les câbles en fibre de carbone vont hâler l'objet pour l'introduire dans le sas. Le processus devrait être achevé à 17h23 UTC.

Luka, Ugo et Bee sont encore en train de commenter la procédure, d'y apporter des modifications de détail, lorsqu'arrive Foy. Ils sont tellement absorbés dans leur discussion qu'ils ne l'entendent pas approcher, et ce n'est que lorsqu'elle est tout près qu'ils perçoivent son parfum mentholé et se retournent un à un.

Foy a pris le temps de prendre soin d'elle. Sa combinaison vert d'eau épouse agréablement ses formes harmonieuses et met en relief sa peau dorée. Son maquillage un peu appuyé, sans être vulgaire, et l'abondante couronne de ses cheveux brun-roux très bouclés mettent en valeur le vert émeraude soutenu qu'elle a choisi pour ses yeux.
Ses trois compagnons ne peuvent réprimer le sourire que l'arrivée de Foy parmi eux, chaque fois, fait naître sur leurs visages.
Comme chaque fois, même dans un instant aussi grave que celui qu'ils vivent maintenant, et peut-être surtout à ces moments-là, lorsqu'il leur faut exorciser la tension intense de l'action, ils ne peuvent se retenir de la taquiner affectueusement. Cette fois c'est Ugo, avec une sévérité feinte, qui lui fait remarquer qu'en exhibant une telle crinière, elle l'oblige à nettoyer quotidiennement les filtres du système de renouvellement de l'air.
A peine les sourires et la grimace de Foy se sont-ils effacés que le CyberCerveau entame le compte à rebours et que des déclics transmis par le métal de la coque annoncent la libération du

télémanipulateur, dont les caméras ont pris le relais de celles du vaisseau.

2043KP33 remplit maintenant tout l'écran. Plus que quelques mètres. Les bras mécaniques s'écartent pour embrasser l'Anomalie, qui continue à pivoter lentement sur elle-même.
Les quatre équipiers retiennent leur souffle, et Dan/ QR503AV[CyBrain], comme s'il avait deviné les sentiments de ses compagnons humains, baisse la voix cinq secondes avant le contact.

Les doigts métalliques recouverts d'élastomère se resserrent délicatement, jusqu'à toucher le cône blanc...

.... Et 2043KP33, subitement, disparait des écrans.

Albedo

Ils gardent tous les quatre les yeux rivés sur l'écran géant qui occupe toute une cloison de la grande cabine, et sur lequel, un instant plus tôt, resplendissait l'anomalie. Entre les doigts articulés du télémanipulateur, il y a un maintenant un vide, noir, opaque, qui cache les étoiles de l'arrière-plan.

Puis des regards s'échangent, ponctués d'exclamations. Le cône blanc, tellement présent un instant plus tôt, tellement concret, n'est plus là. Les yeux de Luka/3KY5221 reviennent alors un instant sur l'écran, et il ne peut réprimer un cri de surprise.

Dans le coin, en haut à gauche, se déroule une colonne de données, la masse, le volume, les éléments de la matrice d'inertie, l'albédo... 0,003 !

Dan/QR503AV[CyBrain], avec un petit gloussement amusé, confirme : l'albédo, le pouvoir réfléchissant de la surface de l'astéroïde, est maintenant presque nul.

L'équipage comprend que 2043KP33 est toujours là, mais qu'il est subitement devenu plus sombre que du charbon. Il ne renvoie plus, comme lorsqu'un instant plus tôt il était blanc, tous les rayons lumineux (et avec eux également les infrarouges et les ultraviolets, comme l'avaient confirmé les instruments) qui tombaient sur lui, mais au contraire les absorbe presque intégralement, comme le ferait un corps noir presque parfait!

Les quatre coéquipiers parlent tous en même temps, avec animation, chacun avançant une hypothèse, mais très vite, un consensus, une idée se dégage : l'"Anomalie Majeure" était depuis très longtemps passive, en hibernation comme l'étaient les voyageurs vers Jupiter, et pour ne pas se dégrader, elle devait rester le plus froide possible. Il lui fallait donc éviter d'absorber le rayonnement solaire, qu'elle devait donc réfléchir au maximum, d'où sa blancheur immaculée.

Lorsque les doigts délicats et prudents du télémanipulateur se sont posés, la très légère pression sur le cône a déclenché quelque chose. L'Anomalie a dû se réveiller subitement pour accomplir une tâche encore mystérieuse. Pour satisfaire les besoins en énergie de ses processeurs, elle s'est mise à absorber toute l'énergie lumineuse qu'elle reçoit sur sa face exposée au soleil, en devenant totalement noire. L'écart de température qui s'établit maintenant rapidement entre la face exposée à la lumière et celle à l'ombre lui permet de former une "machine thermique" et d'extraire ainsi de la source de lumière qui l'éclaire l'énergie indispensable au processus interne qui s'est mis en route. Mais quel est-il ?

Luka, Ugo, Bee sont atterrés par les implications de ce qu'ils viennent de comprendre. Foy, moins versée dans les arcanes de la physique, un peu en retrait, les regarde discuter et interagir.

Tandis que le vocaliseur reste silencieux, et que les filins exercent une courte traction sur les bras métalliques semblables à des pattes d'araignées et leur mystérieuse charge pour les ramener vers le sas, les humains verbalisent, chacun à leur tour, les étonnantes conclusions de leurs constatations.

2043KP33 n'est pas un débris d'une station orbitale ou d'un vaisseau perdu. Il n'est pas non plus un objet inerte, un fossile laissé par une intelligence d'origine inconnue. Non, il est un artefact réactif, "vivant", fonctionnel !

L'Anomalie est maintenant arrivée dans le sas, et les absorbeurs de choc ont amorti son mouvement.

Lors d'un court échange entre Bee/A96H70C[Capitaine] et Dan/QR503AV[CyBrain], il est décidé d'un commun accord - car le CyberCerveau donne son avis - d'attendre les instructions de Lagrange 4 avant de passer à une étape suivante.

Compte tenu de l'éloignement considérable entre le vaisseau et la Terre, il faut presque six minutes aux messages radios pour parcourir cette distance, et six autres minutes pour le trajet retour.

Pendant ce temps, Bee, Foy, Ugo et Luka, sans perdre des yeux, sur l'écran, le spectre noir de l'étrange artefact immobile, en silhouette sur la cloison bleue du sas, discutent avec animation des conséquences de leur découverte.

Il leur semble évident que 2043KP33, en orbite autour du Soleil depuis peut-être de nombreux siècles, "attendait" une visite, une sollicitation, pour se "réveiller". Que ceux qui l'ont créé l'ont conçu pour durer, en réduisant son absorption des radiations au moyen d'un albédo, lui permettant ainsi de ne pas s'échauffer lors de ses passages au voisinage du Soleil.

Le matériau qui constitue sa coque reste mystérieux, et l'équipe d'Erendiz est impatiente d'obtenir l'approbation de Lagrange 4 pour pouvoir procéder à des analyses. Ils constatent toutefois que les capteurs du télémanipulateur n°7 n'ont détecté aucun fléchissement sous la contrainte des patins d'élastomères.

Les yeux électroniques qui scrutent maintenant l'objet mystérieux et tentent, à grand-peine, malgré son albédo presque nul, de cartographier sa surface, ne détectent presque aucune trace d'impacts de micrométéorites.

Bee, assise dans un des sièges en face de l'écran, retenue par le baudrier en polymère vermillon qui l'empêche de dériver, le menton dans la main droite gantée de rouge, s'étonne de la masse très faible de 2043KP33, que les capteurs ont pu mesurer lorsque les bras mécaniques ont ramené l'objet dans le sas. Moins de cent kilogrammes pour un volume de près de deux mètres cubes et demie ! Vingt-huit fois moins dense que de l'eau !

En interrompant la rotation de l'Anomalie sur lui-même, comme une toupie qu'on arrête, le télémanipulateur a pu également évaluer des éléments de sa matrice d'inertie qui indiquent … qu'elle est probablement creuse... ou au moins beaucoup moins dense encore en son centre.

Un vaisseau habité ? C'est Ugo qui le premier, un brin de malice dans son regard d'acier, énonce tout haut ce que ses compagnons commençaient déjà à envisager. Les yeux mauves de Bee s'attardent un instant sur le visage aimé qui se découpe en silhouette, éclairé par le grand écran mural, et comme un sourire se dessine sur ses lèvres cramoisies. Puis dans un moment suspendu, ils se regardent tous, et leurs imaginations s'évadent.

C'est alors que Foy/Z2W42UP[Psy] sort d'on ne sait où un flacon muni d'une tétine, contenant un liquide sucré au parfum agréable, qu'elle fait circuler, en vérifiant bien que chacun d'entre eux en absorbe. Luka décline l'offre qu'elle lui fait d'y goûter. Mais Foy insiste, son regard à la fois ferme et amusé… et Luka s'exécute de mauvaise grâce.

Station orbitale Lagrange 4
Le samedi 13 juin 2043, 17h22 UTC

Dans la grande salle de contrôle des missions interplanétaires, l'équipe d'experts et de décideurs attend avec impatience les données provenant du vaisseau. Ils savent que le rendez-vous a déjà eu lieu, il y a un peu moins de six minutes, et ils sont impatients d'en connaître la teneur.

Les CyberCerveaux leur ont déjà, au fur et à mesure de la réception des messages, présenté les principales options possibles, assorties du degré de probabilité de chacune d'entre elles.

Maintenant les images video de l'apparente disparition de l'Anomalie s'affichent, ainsi que les paramètres de l'objet, et un silence total interrompt net le brouhaha de la grande salle.

Nul n'avait pu imaginer cela.

Cent trente cinq millisecondes plus tard, c'est-à-dire bien avant que les observateurs humains aient eu le temps de réagir, les analyses effectuées par les systèmes experts hébergés dans le réseau d'ordinateurs de Lagrange 4 délivrent leurs diagnostics, qui confirme les déductions faites par l'équipage d'Erendiz.

Ils annoncent que 2043KP33 est un artefact creux d'âge indéterminé, de géométrie remarquable, dont la coque extérieure, extrêmement résistante, est capable de changer d'albédo en fonction d'un stimulus interne ou externe.

L'analyse fine de sa trajectoire, et des perturbations qu'elle a pu subir dans le passé de la part des planètes beaucoup plus massives qu'elles, permet aux systèmes experts spécialisés en mécanique céleste de préciser que l'Anomalie parcourt à peu près cette même orbite depuis plus de trois cent mille ans. Mais elle pourrait être beaucoup, beaucoup plus ancienne, et les CyberCerveaux, qui retracent à rebours l'orbite qu'à dû suivre 2043KP33, tentent de remonter le temps le plus loin possible, malgré l'extrême complexité des calculs à effectuer.

Tandis que les discussions vont bon train dans la grande salle de contrôle, ainsi que dans les centres opérationnels au sol, à Toronto/ Canada et à Strasbourg/France, la totalité des données envoyées par Erendiz est diffusée sur l'ensemble des réseaux d'information de NATO, en vertu du Free Information Act[2], qui depuis 2036 institue la divulgation gratuite et universelle de toute information non personnelle.

Pendant ce temps, une liste d'instructions est envoyée à destination du vaisseau, détaillant les préconisations des CyberCerveaux et des experts humains de Lagrange 4, et les actions à mener en fonction de divers scénarios, compte tenu des réactions possibles de l'Anomalie

---

[2] Free Information Act : voir l'article de Wikicycla, page 185

aux sollicitations des instruments de test et de mesure qui vont la sonder.

Curieusement, et ce n'est que bien plus tard que les observateurs et les critiques ne le relèveront, la possibilité que 2043KP33 puisse être dangereux pour les voyageurs de la mission Erendiz, ou même pour toute l'humanité, n'est à aucun moment prise en compte.

Mission Erendiz
Le samedi 13 juin 2043, 18h25 UTC

Suivant les instructions de la Terre, le sas a été fermé, mais non pressurisé, après qu'Ugo, le mécanicien de la mission, a démonté au moyen des télémanipulateurs n°2 et 3 deux des puissants projecteurs extérieurs et qu'il les a fixés sur deux des supports universels qui sont disséminés aux endroits stratégiques à l'extérieur du vaisseau et dans lex deux grands sas.
La lumière blanche qu'ils projettent sur 2043KP33 semble comme bue par la surface ténébreuse de sa coque.
Depuis quelques minutes, une profusion de capteurs, mis en place par Luka et Ugo, auscultent l'Anomalie, tentent d'en briser les secrets.
Mais...Rien... 2043KP33 n'émet rien, sur aucune bande de fréquence, si ce n'est le rayonnement infrarouge, au spectre caractéristique, que tout banal corps noir rayonne, dès que sa température n'est pas au zéro absolu.
Sur la base circulaire du cône, les caméras montrent le petit disque central et le fin anneau qui l'entoure, maintenant blancs tous les deux.
Lorsque l'équipe du vaisseau arrive finalement à la conclusion qu'ils n'obtiendront rien en se contentant d'"écouter" l'Anomalie, de manière passive, Bee/A96H70C s'enhardit, et usant de sa qualité de capitaine, sans demander l'approbation de Lagrange, décide de

soumettre l'objet à des sondages plus intrusifs, en usant de faisceaux de lumière visible et ultraviolette, et même de rayons X.

L'ingéniosité d'Ugo est mise à l'épreuve lorsque la capitaine lui demande de radiographier 2043KP33, avec les moyens du bord. Il lui faut presque une heure, avec la coopération de Luka et de Dan/ QR503AV[CyBrain], pour détourner de leur fonction initiale plusieurs appareils de test destinés à analyser les matériaux trouvés sur Callisto, et en faire un scanner à rayons X permettant de voir les entrailles de l'Anomalie. Comme tous les appareillages les plus précieux et les plus spécialisés, les analyseurs X n'étaient par bonheur pas stockés dans les grands conteneurs de fret qu'Erendiz a largués, mais dans le véhicule principal.

Finalement, après avoir tenu conférence avec Foy, la psy de la mission, et avoir soupesé les implications du "viol" d'un objet extraterrestre, Bee, avec une pointe d'appréhension, déclenche un court faisceau de rayons X censé pénétrer et traverser l'étrange objet maintenant prisonnier du sas d'Erendiz.

Le capteur, positionné de l'autre côté de 2043KP33, ne reçoit rien d'autre que les faibles réflexions parasites renvoyées par les parois métalliques du sas. D'autres essais, de puissances croissantes, finissent par convaincre Bee que l'Anomalie est totalement opaque aux rayons X qui tentent de la traverser.

Le CyberCerveau n'est normalement pas autorisé, conformément à la charte de la mission et au Private Data Act[3], de communiquer à la Terre les informations relatives à la vie privée des voyageurs, et notamment ce qui se passe dans leur cabine en dehors des périodes d'hibernation. Mais il a en principe obligation, en vertu du Free Information Act, de transmettre vers Lagrange 4 l'intégralité des opérations de nature scientifique, dès lors qu'elles portent une information significative digne d'intérêt.

---

[3] Private Data Act : voir l'article de Wikicycla, page 195

Dan/QR503AV[CyBrain] n'a pas transmis vers Lagrange 4 les travaux préparatifs, qui relevaient de l'ordre des opérations techniques de routine, mais a bien sûr transmis les essais de radiographie de l'Anomalie, qui ont été fidèlement rapportés au Centre de Contrôle de la mission.

Quand, après les quelques minutes que met la transmission radio à faire l'aller-retour, la voix contrariée de Sven/3LGY789[Superviseur] reproche à Bee d'avoir pris une telle initiative sans en référer à lui, les occupants du vaisseau sont déjà rassemblés dans la grande cabine, tous les quatre sanglés dans les sièges enveloppants, pour pouvoir se relaxer sans dériver au moindre geste, et discuter des implications de ce qu'ils viennent de constater.

Lorsque tombe du vocaliseur la voix du superviseur, Bee, ses longues jambes fuselées gainées de rouge nonchalamment allongées, ses yeux mauves mi-clos, est en train d'égrener à mi-voix les essais déjà effectués, et les conclusions surprenantes que les membres de la mission ont dû en tirer.

Tout particulièrement, l'échec de la radiographie les laisse perplexes. En effet, compte tenu de la très faible masse de l'objet, il est improbable qu'il contienne des métaux lourds suffisamment épais et opaques pour empêcher les rayons X de le traverser.

Mais la voix de Sven stoppe court la discussion, et le regard de Bee va vers Foy, dont les paupières s'abaissent un instant et dont les mains se plaquent, à plat sur ses cuisses, dans un message muet. Bee comprend qu'il vaut mieux ignorer le ton de l'interpellation, éviter une situation de conflit et se concentrer sur l'action.

Les caméras, qui n'ont pas manqué d'enregistrer le discret message de Foy, n'en informeront Lagrange 4 qu'après le long délais de transmission, et il faudra encore près de six minutes pour qu'une éventuelle protestation de Sven/3LGY789[Superviseur] puisse leur parvenir.

C'est dans ce type de situation qu'apparait vraiment l'ambiguïté du statut du capitaine d'une expédition aussi cruciale que l'était la mission Erendiz lorsqu'il s'agissait d'installer une base sur Callisto, et surtout aussi cruciale qu'elle l'est devenue depuis qu'elle est en possession d'un objet créé par une intelligence inconnue : en principe Bee/A96H70C[Capitaine] est "seul maître à bord", selon l'expression consacrée. Les équipes de soutient sur Terre et dans les stations orbitales comme Lagrange 4 sont censées lui faire confiance et respecter les initiatives qu'elle pourrait prendre.

Ceci est rendu nécessaire par l'isolement croissant du vaisseau, au fur et à mesure qu'il s'éloigne de sa planète d'origine. Le délai de transmission des échanges radio, est de deux fois six minutes maintenant, aller-retour, et se serait allongé jusqu'à deux fois 48 minutes si Erendiz était allé jusqu'au voisinage de Jupiter.

Ce n'est pas aussi extrême que dans le cas des capitaines de goélettes qui jadis, avant l'essor des télécommunications, sillonnaient les océans de la Terre, mais suffisant pour justifier la souveraineté de Bee sur son petit monde.

Mais la tentation est forte, pour le Superviseur resté sur Lagrange 4, et toute son équipe d'experts, d'oublier qu'ils n'ont pas, en principe, d'ordres à donner à Bee, et de considérer que ce sont eux qui prennent les décisions.

Très opportunément, à cet instant même, le vocaliseur prononce, clairement et distinctement, dans le silence gêné qui suit l'intervention de Sven/3LGY789[Superviseur], le mot qui débloque la situation : "Diffraction".

S'il n'avaient pas pris la précaution de boucler leurs baudriers, Ugo, Luka et Bee, dans la totale apesanteur de la cabine, se seraient projetés hors de leur siège, tant l'annonce de Dan/QR503AV[CyBrain] les surprend.

Tous les trois se mettent à discuter vivement, à échanger des éléments techniques qui échappent totalement à Foy, étonnée par tant de soudain enthousiasme, et dont le regard passe de l'un à l'autre.

Finalement, Luka, son regard amusé posé sur Foy, lui explique que le matériau de 2043KP33 semble très particulier, puisqu'il est à la fois extrêmement léger et imperméable aux rayons X. Mais que si les rayons X ne peuvent le traverser, comme ils viennent de le constater, c'est que la surface de l'objet soit les absorbe, soit les renvoie.
La manière dont, au niveau microscopique, la structure moléculaire du matériau de 2043KP33 renvoie, "diffracte" les rayons X en les éparpillant selon des directions privilégiées, sous des angles particuliers, peut les renseigner sur la composition de la coque de l'Anomalie : c'est la mesure par diffraction des rayons X.

Bien sûr, dit Ugo, il va falloir complètement modifier la configuration de l'appareillage, mais il a bon espoir de pouvoir tout mettre en place rapidement.

www.lesesprits.fr/13juin2043

Mission Erendiz
Le dimanche 14 juin 2043, 9h03 UTC

Ils en sont encore à discuter la mise en oeuvre de nouveaux tests, quand un nouveau message de Lagrange 4 est diffusé par le vocaliseur, tandis que cette fois sa version écrite défile sur le moniteur, ce qui souligne sa gravité, son caractère officiel.

La voix apaisée et conciliante de Sven/3LGY789[Superviseur], qui a certainement dû consulter l'équipe de psychologues de la station, les informe que pour pouvoir regagner la Terre dans des délais raisonnables, et de manière compatible avec les réserves énergétiques du vaisseau, Erendiz ne pourra pas continuer sur l'orbite initiale de 2043KP33, qu'ils ont adopté pour pouvoir le capturer, et qui les emmènerait très loin au-delà de l'orbite de Neptune. Les quatre équipiers hochent la tête ou les épaules : oui, ils savent déjà cela !

Sven, qui ne connaîtra leur réaction agacée que six minutes plus tard, poursuit imperturbablement: il leur faudra opérer un second changement de trajectoire, qui fera passer le vaisseau sur une orbite de transfert qui les ramènera vers les stations orbitales terrestres.

L'instant optimal pour cette manoeuvre sera le 15 juin 2043, à 10h12 UTC.

Les regards se tournent vers l'horloge dont les chiffres défilent sur l'écran : dans seulement vingt-cinq heures !

Mais Sven poursuit : si avant cette date de changement d'orbite, l'équipe d'Erendiz peut établir que 2043KP33 ne présente aucun danger pour l'humanité, et si cette conclusion est confirmée par leur CyberCerveau et ceux de Lagrange 4, alors le vaisseau devra rapporter l'Anomalie avec lui vers la Terre. Au moindre soupçon d'un possible danger, l'Anomalie sera larguée et Erendiz rentrera seul.

Après avoir répondu par un sobre accusé de réception, Bee, Luka, Foy et Ugo se concertent un instant pour discuter de la suite des événements. Le temps leur est compté, il va leur falloir être efficaces et rapides. Ils décident promptement que Luka et Ugo s'occuperont tout de suite des mesures de diffraction des rayons X qu'ils avaient envisagées avant l'intervention de Sven/3LGY789[Superviseur], et que Bee et Foy, pendant ce temps, mettront en place un calendrier des opérations pour les vingt cinq heures qui leur restent avant l'inévitable changement d'orbite, avec ou sans l'Anomalie dans leur sas.

Isotopes

Foy et Bee, la verte et la rouge, épaule contre épaule, dans la complicité que tant d'heures déjà passées ensemble a progressivement consolidée, regardent les deux hommes disparaître dans la coursive, flottant comme des poissons, de poignée en poignée. Ugo d'abord, svelte et délié dans sa combinaison bleu sombre, et dont la peau pâle se découpe en taches claires dans l'ombre du long couloir. Derrière lui se glisse ensuite Luka, plus athlétique, aux gestes plus ronds et plus souples, qui leur adresse un dernier sourire de son visage avenant, en découvrant largement ses dents blanches.

Les deux femmes, qui sourient en retour, se félicitent de cette confortable connivence qui soude leur équipe. Et, secrètement, mais en devinant toutes deux la pensée de l'autre, anticipent déjà, après la formidable mission qui va les mobiliser durant les prochains jours, le répit qu'ils goûteront ensemble, tous les quatre, lorsque le sort de 2043KP33 sera scellé.

Pour l'heure, une considérable masse de travail les attend, et les équipières, avec l'aide du CyberCerveau qui fait, à volonté, défiler des organigrammes, des calendriers et des schémas sur l'écran, mettent en place le programme des investigations prévues. Il leur faut tout mettre en oeuvre pour qu'il soit possible de statuer, dans des délais brefs, sur l'attitude de l'humanité vis-à-vis de l'objet extraordinaire qui, à quelques mètres de leur cabine, attend dans le sas n°2.

Foy, consciente de son rôle particulier, de conseillère et d'observatrice, de régulatrice et de confidente, tente de conserver le recul critique que réclame sa mission, le regard détaché qu'il lui faudra garder pour ne pas se laisser submerger par l'énormité de la responsabilité imposée si soudainement à l'équipe du vaisseau.

D'un commun accord, Bee et Foy optent pour un travail étalé sur la durée qui leur reste avant leur retour vers la Terre. Il devra impérativement être entrecoupé, en dépit du volume de travail à accomplir, par des périodes de repos aidé par la riche pharmacopée embarquée sur Erendiz.

Elles sont toutes deux pleinement conscientes de ce que la tension, d'heure en heure, va monter, et veulent éviter que la fatigue et le stress, peut-être intenses, ne leur fasse perdre le contrôle de leur mission.

Elles tombent rapidement d'accord sur la mise en place d'un travail en deux équipes opérant six heures chacune, suivies par deux heures de repos total, en ménageant un chevauchement suffisant des périodes de travail pour que les deux équipes puissent effectuer des tâches requérant plus de deux personnes, et se transmettre les informations glanées.

Afin de se conformer aux préférences personnelles que tous quatre, ils n'hésitent pas à afficher, elles décident que Foy travaillera avec Luka et Bee avec Ugo.

Pendant ce temps les deux hommes de l'équipe s'affairent autour des hublots qui permettent de voir l'intérieur du sas. Le cône noir y est immobilisé par des cales en élastomère qui l'empêchent de dériver vers les parois métalliques, et qui permettent à des capteurs de contact de sonder sa coque.

Il est environné par les instruments et les bras manipulateurs qu'Ugo, depuis une console installée dans la petite cabine qui jouxte le grand sas, commande vocalement, ou, pour les opérations délicates, en utilisant le clavier tactile de la console.

Les premières mesures de diffraction des microscopiques faisceaux de rayons X que les appareils ont projeté sur la surface parfaitement plane de la base du cône ont fourni des résultats surprenants. Les diagrammes de diffraction, faits d'entrelacs de points et de lignes, ne correspondent à aucun matériau métallique connu, aucun alliage parmi les millions que les métallurgistes ont créés. Les systèmes experts du vaisseau se sont montrés impuissants à recréer, à partir des figures enregistrées, la composition moléculaire de la coque. Déjà, les données, au fur et à mesure des essais, sont transmises à la Terre. Les premiers retours sont eux aussi négatifs, mais indiquent déjà qu'avec une probabilité de 83%, la coque de 2043KP33 serait composée de gigantesques polymères à base de carbone, avec une proportion mineure d'Indium et de Cobalt. Un matériau inconnu, s'apparentant peut-être aux fullerènes que les ingénieurs utilisent depuis quelques décennies sur Terre.

Lorsque toute l'équipe du vaisseau se retrouve dans la grande cabine pour faire le point et distribuer les tâches à venir, les ordinateurs sur Terre en sont encore à tenter de percer le mystère du matériau utilisé par les créateurs de 2043KP33.
Le calendrier de travail mis en place par Foy et Bee est approuvé, avec les sourires de contentement et les plaisanteries que l'officialisation de leurs penchants respectifs ne pouvaient que susciter.
Les deux femmes échangent un clin d'oeil complice, mais la réunion est interrompue par la voix du vocaliseur qui leur annonce que l'équipe de supervision sur Lagrange 4 demande à ce que soient effectués des prélèvement de matière sur la surface courbe du cône.
Il leur faudra démanteler un des trépans prévus pour les forages de la mission sur Callisto, pour y prélever un petit outil en diamant, suffisamment dur pour entamer la coque de l'Anomalie.
Luka et Ugo échangent un regard, et se lancent déjà vers la coursive, mais d'un mot Bee les interrompt en leur rappelant que dans deux heures seulement Foy et Ugo devront aller se restaurer et se reposer, si besoin est en faisant appel au robot de leur cabine pour les aider à s'endormir. Elle ajoute qu'elle ne tolèrera pas d'entorse à cette règle, jusqu'à nouvel ordre. Luka, avec un grognement et une tape sur l'épaule d'Ugo, s'engage à nouveau dans le couloir.

Une heure plus tard, un bras articulé s'avance vers la surface bombée de l'Anomalie, et le petit couteau en diamant de synthèse entre en contact avec la mystérieuse matière. Les capteurs posés à différents endroits de la coque de 2043KP33 enregistrent l'onde acoustique que le petit choc a engendrée, et qui s'est propagée avec une vitesse inhabituelle. Mais l'outil ne parvient pas à entamer la surface de l'artefact.

Un essai sur l'arête circulaire qui délimite la base du cône est lui aussi infructueux. Ils constatent toutefois qu'en déplaçant l'outil et les capteurs que l'Anomalie se comporte, du point de vue de l'acoustique, comme un objet homogène, sans direction privilégiée.

L'équipe d'Erendiz est perplexe, et les suggestions de nouveaux tests prodigués par Lagrange 4 arrivent, compte tenu du délai de propagation des messages, chaque fois trop tard, alors que Luka, Ugo et Bee les ont déjà pratiqués.

La tension monte progressivement, et ce ne sont que la diplomatie de Foy et l'autorité de Bee qui parviennent à extraire Ugo et Luka de leurs fébriles investigations pour se nourrir.

Lorsqu'ils sont rassemblés tous quatre autour de la grande console de la cabine principale, sanglés dans les sièges enveloppants, à téter des sirops vitaminés, le vocaliseur, après une petite toux polie pour attirer leur attention, laisse tomber un unique mot : "Conductivité".

Ils se regardent, surpris, et le premier, Ugo frappe entre ses mains, et son visage se fend du fin sourire que Bee aime tant. Oui, ils n'ont pas encore testé si la coque conduisait l'électricité...

Les voilà soudains pressés de retourner vers le sas et de poursuivre leurs essais, d'autant plus que selon le programme mis en place par Bee, Foy et Ugo devront bientôt aller se reposer.

Les électrodes prélevées sur les appareillages destinés initialement à la base sur Callisto ne sont pas encore en place autour de 2043KP33 dans le grand sas, que Foy et Ugo doivent déjà se retirer. Avec des regards de regret ils cheminent dans la coursive vers leurs cabines. Bee n'a pas besoin d'en donner l'instruction à Dan/ QR503AV[CyBrain] : il a déjà perçu, à l'aide de ses multiples caméras et de ses systèmes experts, que les deux silhouettes qui bouclent à regret les baudriers qui les maintiennent sur leurs couchettes, vont avoir besoin d'une aide chimique pour s'endormir.

Autour du sas, maintenant, Luka et Bee s'activent à initialiser la séquence de mesures. Les palpeurs gainés d'élastomère ont été équipés d'électrodes dorées reliées aux appareillages pilotés par le CyberCerveau.

Ils commencent à parcourir la surface bombée de l'Anomalie, et bientôt la déception, une déception de plus, se lit sur le visage de Luka : toute la zone explorée est isolante, extrêmement isolante et aucun courant électrique ne circule entre les électrodes, ou du moins, s'il y en a un, il échappe à la sensibilité des appareils du vaisseau.

La mesure est presque complète quand, à nouveau, le vocaliseur suggère : "Les cercles".

Les cercles ? Sans conviction, Bee, en pianotant sur la console, déplace les palpeurs jusqu'au disque et au cercle concentriques situés au milieu de la base circulaire.

Un flash sur l'écran. Un petit rire synthétique du vocaliseur. Un courant circule. Un faible courant électrique injecté par une électrode sur le disque central est récupéré sur le cercle.

Le comportement de Dan/QR503AV[CyBrain] est si proche de celui d'un cinquième équipier humain que Bee, un instant, s'attendait à ce que le vocaliseur dise "Je vous l'avais bien dit !".

Mais les surprises se succèdent : le courant circule, mais pas de manière régulière et continue: tout se passe comme si, à l'intérieur de 2043KP33, un interrupteur électrique s'ouvrait et se refermait.

L'excitation est palpable, et les doigts de Bee volent sur le clavier tactile de la console.

En un instant, sur le grand écran, une ligne blanche défile, qui saute à chaque fluctuation du courant.

79,37 fois par minute.   Comme un coeur qui bat.

Luka et Bee sont comme pétrifiés. A tâtons, sans qu'elle quitte des yeux l'écran, la petite main nerveuse de Bee cherche celle de Luka, s'y pelotonne. Quelque chose agit, à l'intérieur de 2043KP33. Quelque chose qu'ils ont réveillé en capturant cet étrange objet. Et ce quelque chose a réagi lorsque leurs petites électrodes ont timidement appliqué une faible tension électrique entre le disque et l'anneau blancs.

Ce quelque chose énigmatique va-t-il leur livrer plus que ces courtes fluctuations de courant ?

Après quelques secondes, la cadence des impulsions double, puis double encore.

Ils restent tous deux là, à regarder la trace blanche sur l'écran sautiller de plus en plus vite.

Et les variations de conductivité continuent à s'accélérer encore, par doublements successifs, et sur l'écran les impulsions se rapprochent, jusqu'à ne former plus qu'une large bande blanche. Avec un bip pour annoncer son action, le CyberCerveau balaie maintenant l'écran plus vite pour les écarter à nouveau. En haut à gauche, les chiffres défilent : 84,6 pulsations par seconde... 169,3 .... 338,7 ....

Soudain Luka, qui était resté figé devant l'écran, lâche la main de Bee, dégrafe son baudrier et se précipite vers ses instruments. Il pianote fébrilement sur le clavier du petit télémanipulateur qui commande les électrodes. Peste contre la lenteur des petits bras articulés, pianote à nouveau. Bee, intriguée l'a suivi. "Bande passante" lui lance-t-il, et elle comprend : le dispositif mis en place pour la mesure de conductivité est incapable de suivre des variations trop rapides, il faut très vite, alors que 2043KP33 double la fréquence des impulsions toutes les quelques dizaines de secondes, s'assurer que le capteur reste capable détecter des fluctuations qui se succèdent de plus en plus vite.

.... 5418,4 .... 10836,8 .....

Luka pousse un soupir. Si l'Anomalie ne monte pas plus haut en fréquence, Dan/QR503AV[CyBrain] pourra continuer la mesure.

... 43347,3 .... 86694,7 pulsations par seconde ...

Le vocaliseur transmet la voix très excitée de Sven/ 3LGY789[Superviseur], qui a reçu les tous premiers résultats de mesures de conductivité, et qui réagit avec enthousiasme... avec douze minutes de retard.

Dans la grande station orbitale Lagrange 4, une réunion exceptionnelle est convoquée d'urgence, et sur Terre, le Centre de Contrôle de Strasbourg/France est en effervescence. Des centaines d'experts sont suspendus aux informations reçues depuis la mission Erendiz.

Et, en vertu du Free Information Act[4], toutes les données sont immédiatement rendues accessibles à tous les citoyens non seulement de NATO, mais aussi des non-alignés et de ASIA. La planète Terre toute entière écoute le flux ininterrompu de données envoyées par les antennes du CyberCerveau, et lues par les petits capteurs improvisés que Luka a placés sur 2043KP33.

Mais à chaque doublement de fréquence, l'amplitude des impulsions sur l'écran décroit, et bientôt le vocaliseur annonce : "Fréquence de coupure du capteur 500 kilohertz".

... 173389,4 ... 346778,7 ...

Sur l'écran de contrôle, l'amplitude des pics fléchit déjà, et l'inquiétude de Luka monte, et il en fait part à Bee : si la fréquence

---

[4] Free Information Act : voir l'article de Wikicycla, page 185

continue à croître, le dispositif de mesure qu'il a mis en place à la hâte ne pourra plus suivre !

…693557,5 pulsations par seconde … La trace blanche qui défile sur l'écran s'écrase inexorablement de doublement en doublement.

Sur l'écran, le signal s'amenuise puis disparaît complètement.

Dans le lourd silence qui s'est installé, Luka et Bee échangent des regards consternés, lorsque la voix du vocaliseur s'élève à nouveau : "Réception radio".

Les yeux se tournent à nouveau vers l'écran, sur lequel le CyberCerveau a affiché de nouvelles traces, non plus celles relevées par le capteur de conductivité, qui est arrivé à la limite de ses possibilités, mais celles correspondant à une onde que reçoivent les antennes qui avaient, encore quelques instants plus tôt, scruté en vain l'Anomalie en quête d'une émission radio.

Et la fréquence détectée correspond aux signaux reçus par la sonde, qui continue à doubler toutes les quelques dizaines de seconde :

5, 548459 MHz … 11,096919 MHz ….

… et double encore …

44,387679 MHz …. 88,775359 MHz …

La voix du vocaliseur, une fois de plus tombe : "Les doublements de fréquence aboutissent à la raie à 21 centimètres de l'Hydrogène".

Et sur l'écran apparait la suite de nombres
88,775359 MHz - 177,550718 MHz - 355,101437 MHz - 710,202875 MHz - 1 420,405752 MHz

Bee et Luka se regardent un moment et hochent la tête. Mais bien sûr ! La fréquence la plus probable sur laquelle des êtres intelligents sont susceptibles de chercher à communiquer est bien sûr celle de cette fréquence d'émission de l'Hydrogène, l'élément de loin le plus répandu dans l'Univers, qui émet sur une longueur d'onde de vingt et un centimètres, dans toutes les directions, où que l'on braque un radiotélescope !

Le signal radio le plus basique, le plus fondamental, le plus universel que l'on puisse imaginer !

Après quelques instants, l'affichage de la fréquence émise par 2043KP33 se stabilise effectivement à 1 420,405751770 MHz

Luka jubile ….

C'est précisément sur cette fréquence de 1420 MHz que les scientifiques qui ont mené des investigations dès la fin du vingtième siècle pour trouver des intelligences extraterrestres ont patiemment émit et surveillé le ciel, en quête d'un message ... Qu'ils n'ont jamais trouvé.

Les deux équipiers sont presque dans un état de transe. Bee tend à Luka un bulbe translucide d'où pend une tétine, l'invitant à absorber un peu de glucose. Ce n'est qu'en la saisissant que ce dernier prend conscience de l'extrême tension qui le maintenait en attente devant l'écran, de la contraction presque douloureuse de sa mâchoire et de ses épaules.

La voix de Sven, le superviseur, s'élève dans la cabine, les informant que d'après le doublement des fréquences transmises vers Lagrange 4, il est fortement probable que la série soit déduite de la fréquence de la raie de 21 centimètres.

Luka et Bee se regardent, et éclatent d'un rire nerveux, qui relâche un peu l'extrême pression de la situation. Il s'amusent encore et encore des effets cocasses du long délai de transmission vers la Terre.

Maintenant, sur la trace qui défile sur l'écran, et dont la fréquence reste désormais fixe, un changement apparait, comme si l'émission à la fréquence de la raie de l'Hydrogène était subitement moins puissante.

Mais l'observateur non-humain, lui, a tout de suite repéré que l'onde à 1420 MHz est maintenant découpée en petits paquets de huit périodes, pendant lesquelles la porteuse est alternativement émise ou non.

Le vocaliseur annonce : "Porteuse modulée en amplitude en mode tout-ou-rien, horloge à 177,55071 MHz".

Après quelques dizaines de secondes, pendant lesquelles les petites salves de huit périodes de la porteuse se sont suivies continûment, certaines salves se mettent à manquer.

Bee, tout de suite, suggère que l'Anomalie transmet une information, un message codé en binaire : en représentant par des zéros les salves absentes, et par des uns celles qui sont présentes, ou inversement, trouverait-on quelque chose d'intelligible ?

Dan/QR503AV[CyBrain] ne se fait pas prier, et sur l'écran, des blocs de données binaires apparaissent, bien découpées par le CyberCerveau, composées de trains de huit zéros ou uns, séparées par des blocs vides de huit zéros.

Et en-dessous de chaque bloc de données, l'ordinateur a inscrit le nombre décimal correspondant:

1 - 4 - 7 - 9 - 11 - 12 - 14 - 16 - 19 - 20 - 23 - 24 - 27 - 28 - 31 - 32 - 35 - 40 - 39 - 40 - 45 - 48 - 51 - 52 - 55 - 56 - 59 - 58 - 63 - 64 - 69 - 74 - 75 - 80 - 79 - 84 - 85 - 88 - 89 - 90 - 93 - 98 - 102 -103 - 106 - 107 - 114 - 115 - 120 - 121 - 130 - 127 - 132 - 133 - 138 - 139 - 140 - 141 - 142 - 152 - 153 - 158 - 159 - 164 - 165 - 166 - 169 - 174 - 175 - 180 - 181 - 184 - 187 - 192 - 193 - 195 - 197 - 202 - 205 - 208

Après un court instant, la série de nombres reprend au début.

Bee et Luka sont perplexes, et ne parviennent pas, dans cette énumération, à reconnaître un motif simple. La série de nombres semble au premier abord croître continûment, mais en fait il y a des rebroussements, et les deux équipiers ne comprennent pas quelle règle régit la suite de nombres.

C'est Luka qui le premier s'arrache à la contemplation de l'écran sur lequel, imperturbablement, se répète la succession de nombres.

"Analyse !" réclame-t-il au CyberCerveau.

Et immédiatement, la réponse tombe, dite par le vocaliseur et écrite sur l'écran :

"Masses atomiques des isotopes les plus abondants de tous les éléments parfaitement stables. Liste par numéros atomiques croissants, de l'Hydrogène au Plomb, en omettant le Technetium et le Promethium radioactifs".

C'est à cet instant-là que dans la coursive, derrière eux, Luka et Bee entendent Foy et Ugo qui reviennent vers eux après leur repos forcé.

Il s'engage une discussion très animée, et rapidement les deux dormeurs sont mis au courant des événements extraordinaires qui se sont déroulés pendant leur sommeil.

Ugo saisit immédiatement la portée de ce qu'ils viennent de découvrir, mais Foy jette encore un regard intrigué sur le grand écran au-dessus de la console.

Bee lui explique alors que 2043KP33 est en train de fournir des nombres fondamentaux de la chimie.

Et Dan/QR503AV[CyBrain] ajoute que la liste est complète, et qu'elle mentionne, dans l'ordre croissant de leurs numéros atomiques, ou nombres de protons, tous les éléments chimiques de base non radioactifs, avec pour chacun, chaque fois, la masse atomique de l'isotope le plus abondant sur Terre.

Sur Terre ...?   Sur Terre …??

La main de Bee se serre sur l'avant bras de Foy, placée à côté d'elle, face à la console.

Luka pousse un cri étouffé, la main sur sa bouche, et Ugo se gratte machinalement la tête.

Sur Terre…

Foy une fois de plus réclame des éclaircissements, et c'est Ugo qui lui explique : deux isotopes, deux variétés d'un même élément chimique sont parfois, dans la nature, en proportions presque identiques. C'est par exemple le cas, sur Terre, du Xenon, de l'Argent, du Brome, etc …

Ce dosage entre isotopes est influencé par l'histoire de la planète où l'élément se trouve, la manière dont elle s'est condensée lors de sa formation, de son âge, des collisions qui ont pu se produire avec d'autres corps célestes...

Et … il est très peu probable qu'un artefact provenant d'une autre planète puisse, pour absolument tous les éléments, indiquer chaque fois le même dosage isotopique que sur Terre !

 Ce qui signifie ....

 .... que 2043KP33, l'extraordinaire artefact qui flotte dans le sas, est d'origine terrestre !

Suites

Mission Erendiz
Le lundi 15 juin 2043, à 09h22 UTC

Il reste maintenant seulement cinquante minutes avant le moment fatidique où il va falloir opérer le second changement d'orbite, permettant à la mission Erendiz de revenir sur Terre, avec ou sans l'astéroïde 2043KP33.

Les dernières heures qui ont suivi l'instant crucial où l'Anomalie a énuméré les isotopes les plus courants sur Terre de tous les éléments stables ont été trépidantes, et les périodes de repos imposées par la capitaine n'ont été respectées qu'à contrecoeur.

Le flux d'information qui a transité en continu vers Lagrange 4 a provoqué en réponse un flux non moins continu et fourni de préconisations, de conseils, de recommandations et de questions qui auraient submergé les quatre équipiers, si Bee/A96H70C[Capitaine], conseillée part Foy/Z2W42UP[Psy], n'avait confié au CyberCerveau Dan/QR503AV[CyBrain] le soin de filtrer la masse de données, de ne transmettre aux quatre humains que celles de priorité 3 ou plus, et de répondre directement aux autres.

L'Anomalie 2043KP33, toujours sur la fréquence de 1 420,40 MHz de la raie de l'hydrogène, toujours à la fréquence d'horloge de 177,55 MHz, a fourni une avalanche de données binaires que le CyberCerveau a stockées, faute de pouvoir les interpréter en temps réel.

Les systèmes experts embarqués sur le vaisscau, de même que ceux situés à près de cent sept millions de kilomètres sur Lagrange 4 et les centres de contrôle sur Terre, à Strasbourg/France et Toronto/Canada, sont mobilisés à plein temps pour essayer de décrypter la masse d'informations extraites de l'artefact.

Les responsables de NATO, qui pour respecter le Free Information Act ratifié en novembre 2036, transmettent en continu toutes les informations recueillies par la mission Erendiz à ASIA et aux non-alignés, savent qu'à Nairobi/Kenya, Colombo/Sri Lanka ou Oulan-Bator/Mongolie, d'autres super-ordinateurs se sont également attelés à la tâche.

Les premières données, concernant les isotopes, qui établissent avec une quasi-certitude l'origine terrestre de 2043KP33, ont semé le désarroi et la suspicion entre les deux blocs. En effet NATO a, un moment, soupçonné ASIA d'avoir créé l'étrange Anomalie découverte par hasard par la mission Erendiz envoyée vers Jupiter, en dépit de l'engagement de transparence, qui depuis 2036 oblige à rendre accessibles pleinement et gratuitement à tous les humains toutes les données non strictement personnelles et privées. Mais très vite, les experts ont conclu que la technologie de 2043KP33 est trop en avance sur la technologie humaine, pour qu'en un délai de quelques années seulement un laboratoire puisse en secret accomplir cette prouesse.

Un effort de réelle collaboration, active à l'échelle planétaire, est alors envisagé. Une téléconférence préparatoire est tout d'abord convoquée d'urgence, entre les gouvernements d'ASIA, de NATO de l'UNAFRI et des quelques non-alignés, assistés par les systèmes experts de leurs meilleurs CyberCerveaux.

Les débats sont vifs et brefs, et aboutissent en 37 minutes à une résolution stipulant que 2043KP33, et toutes les informations qu'il contient, est la propriété de l'Humanité dans son ensemble, et qu'aucune nation n'est en droit de se l'approprier exclusivement.

Tandis que l'indispensable changement d'orbite devient imminent, les grands calculateurs de Lagrange 4 relaient vers le vaisseau ce qu'ils sont déjà parvenus à décrypter.

Les premiers trains d'informations intelligibles sont manifestement des objets mathématiques, des suites remarquables de nombres entiers qui comptent parmi celles qui ont depuis des siècles amusé ou intrigué les plus brillants cerveaux de l'humanité. 2043KP33 les a fournis codés en binaire, comme le fond tous les ordinateurs terrestres depuis l'aube de l'informatique, il y a un siècle.

Certaines de ces suites numériques, une fois repérées dans la masse de données qui déferle de l'Anomalie, sont triviales, comme les 64 premiers nombres premiers, les 64 premiers nombres de la suite de Fibonacci ou de la suite de Conway, les nombres tétraédriques… et d'autres plus subtiles, comme la suite des nombres de Catalan, la séquence de Recamán, et de très nombreux autres encore, que les systèmes experts sur Terre sont encore incapables d'identifier.

Intercalés entre ce que les calculateurs terrestres reconnaissent comme des suite mathématiques remarquables, des paquets d'informations apparemment désordonnées résistent encore aux analystes.

www.lesesprits.fr/15juin2043

Mission Erendiz, le lundi 15 juin 2043, à 9h053 UTC

Alors que les dernières minutes avant la manoeuvre s'égrènent et que Luka/3KY5221[Navigateur] surveille d'un oeil inquiet l'horloge bleue qui clignote sur l'écran, en passant nerveusement sa grande main sur son crâne, le vocaliseur annonce enfin que le Centre de Contrôle sur Lagrange 4 vient de prendre une décision.

La voix de Dan/QR503AV[CyBrain], si étrangement naturelle, marque un instant d'arrêt, et les visages des quatre équipiers anxieux rassemblés dans la grande cabine se lèvent instinctivement vers le haut-parleur encastré dans la cloison au-dessus de leur tête, comme pour quémander la suite, comme si le CyberCerveau était vraiment là.

Le vocaliseur poursuit : pour la première fois depuis les accords de 2036, NATO, ASIA et UNAFRI, sans avoir à faire appel au concours des diplomates, sont arrivés à un accord rapide. A l'unanimité des représentants à la téléconférence, il a été convenu que le vaisseau Erendiz changerait d'orbite à 10h12 UTC, sans larguer 2043KP33 qui restera donc dans le sas.

Foy, vautrée jambes écartées dans un des fauteuils enveloppants, son baudrier desserré, les bras écartés, un mince sourire découvrant une rangée de dents très blanches, murmure qu'elle en était sûre, tandis que ses compagnons tournent vers elle des regards étonnés.

Des chiffres défilent sur l'écran tandis que Dan/QR503AV[CyBrain] poursuit son annonce. Le vaisseau et son chargement devront passer à une vitesse de 16,63 km/s pour se positionner sur une orbite de transfert les amenant à proximité de la Terre le 6 mars 2044, dans 275 jours. Pour ce faire il va falloir réduire la vitesse de 15,51 km/s.

Comme il n'est pas possible de connaître l'effet sur l'Anomalie de la poussée du moteur ionique d'Erendiz, le Centre de Contrôle préconise de n'appliquer qu'une légère accélération, de 0,1g, un dixième de la pesanteur terrestre au plus, ce qui fera passer la durée d'accélération à 263 minutes, presque quatre heures et demie. C'est la durée maximale possible, pour ne pas rater le point crucial de la trajectoire où le changement d'orbite est nécessaire. Faute de quoi, le rendez-vous avec la Terre serait manqué.

Dans le silence retrouvé, Ugo, Luke et Foy posent leurs regards sur Bee. Lorsqu'un sourire apparait sur le visage de la capitaine, sans s'être concertés, ils se mettent tous trois à parler en même temps.

Secrètement, sans en avoir parlé aux autres, chacun d'entre eux avait craint que le Centre de Contrôle qui les a maintenus dans une activité fébrile depuis la découverte de l'Anomalie, en leur réclamant toujours plus d'informations, aurait pu envisager, si 2043KP33 avait pu représenter le moindre risque, de sacrifier la mission en les envoyant avec leur chargement encombrant sur une orbite "poubelle", sans espoir de croiser jamais la trajectoire de la Terre, faisant ainsi d'Erendiz leur tombeau. Mais pendant les heures trépidantes qu'ils ont tous quatre passées, aucun n'a verbalisé ses doutes, ni même vraiment pris le temps de les analyser.

Bien sûr, en vertu du Free Information Act, le Comité est contraint de porter à leur connaissance la teneur d'un éventuel rapport qui aurait envisagé le sacrifice du vaisseau et de ses occupants, mais il est très facile de dissimuler l'information en la noyant dans l'immense flux de données qui abreuve en permanence le CyberCerveau, via les antennes de réception d'Erendiz.

Ils sont maintenant tous en apesanteur dans la cabine, ceintures et baudriers dégrafés, sous l'oeil électronique du CyberCerveau, qui les rappelle à l'ordre :

"Manoeuvre dans 120 secondes… 119 … 118 …. "

Ugo/MUZ1P45[Mécano] se précipite pour vérifier que 2043KP33 est bien calé entre les galets d'élastomère qui l'immobilise dans le sas, tandis que les trois autres se dirigent vers leurs cabines. L'accélération sera douce, et le poids qu'elle va leur conférer restera bien inférieur à leur poids sur Terre, et même sur la Lune, mais pour des voyageurs qui ne l'ont pas ressentie depuis longtemps, il vaut mieux prendre ses précautions et s'allonger, pour éviter de se cogner lors de la manoeuvre.

Lorsqu'à son tour Ugo arrive à sa cabine, il ne lui reste que quelques secondes pour s'installer avant d'entendre le bourdonnement du moteur principal et de ressentir la douce pesanteur qui le pousse sur sa couche.

Il entend, à travers l'interphone, Bee/A96H70C[Capitaine] annoncer officiellement à Sven/3LGY789[Superviseur] que l'équipage d'Erendiz accuse réception de l'avis du Comité. Il devine, dans la voix de la courageuse femme qu'il aime tant et dont il admire la fermeté et la clairvoyance, une lourde ironie lorsqu'elle annonce qu'en vertu de son autorité de capitaine du vaisseau, et en vertu de la Directive UP9807 du Règlement des Voyages Interplanétaires, elle décide, après en avoir débattu avec son équipage, de procéder à la manoeuvre et de conserver 2043KP33.

Ugo sait bien que depuis longtemps, la capitaine n'est plus que dans les textes officiels "seul maître à bord", et que le Centre de Contrôle pourrait parfaitement, à distance, par l'intermédiaire du CyberCerveau, imposer toute action qu'il aurait décidée.

Il sait aussi qu'une opération ou une information met en ce moment 358 secondes, au point de leur trajectoire où il se trouvent, pour parvenir à la station orbitale Lagrange 4, et qu'un commentaire, un ordre, une remarque, met à son tour 358 secondes pour revenir au vaisseau Erendiz. Bee dispose donc en permanence de presque douze minutes d'avance, ce qui lui donne un avantage tactique en cas de désaccord avec le Comité.

Les quatre équipiers sont maintenant installés et le compte à rebours touche à sa fin. Ils ont tous pris soin de relayer les informations affichées sur l'écran de la cabine de contrôle vers leurs moniteurs personnels. C'est donc dans un même cri de surprise, qu'ils voient, dès que la légère pesanteur se fait sentir, la silhouette de 2043KP33 subitement devenir d'un blanc aveuglant sous les deux projecteurs qui arrosent de lumière sa surface, obscure un instant plus tôt.

Les traces qui défilent sur l'écran s'interrompent au même instant, tandis que la voix mâle de Dan/QR503AV[CyBrain] annonce sobrement: "2043KP33 redevenu passif".

Manoeuvres

Bee n'a pas le temps de prononcer le mot "Action" que Luka et Ugo ont déjà détaché leurs baudriers et que malgré la pesanteur qui les pousse vers la cloison de la coursive, ils se dirigent, l'un vers la grande cabine, l'autre vers le sas.

Il faut bientôt se rendre à l'évidence : l'Anomalie ne transmet plus aucune information, la conductivité de sa surface est redevenue négligeable entre le disque central et l'anneau qui l'entoure, tous deux redevenus noirs sur la base immaculée du cône que maintiennent les cales placées par Ugo.

Plus aucune émission radio sur la fréquence de la raie à 21 cm de l'Hydrogène. L'Anomalie, dès que les moteurs du vaisseau se sont mis en marche, s'est tue.

Ils sont à nouveau les quatre dans la grande cabine, à se déplacer gauchement autour de la console.

Ils se perdent en conjectures, et envisagent les options qui, maintenant que l'astéroïde s'est endormi, ou peut-être a succombé, se bousculent dans leurs esprits. Ils font part des doutes qui maintenant les saisissent.

Le changement d'ambiance inattendu que provoque le soudain silence de l'artefact leur fait se poser une foule de questions que, dans le feu de l'action, ils avaient ignorées, ou reléguées au fond de leur inconscient.

Maintenant, l'artefact s'est éteint.

Dans moins de douze minutes, Lagrange 4 aura pu réagir à cette nouvelle situation. Il leur faut envisager les possibilités qui se présentent à eux, avant que le Comité puisse imposer ses vues. Tour à tour, ils expriment tout haut au vu et au su du CyberCerveau, les options qui se présentent et les risques qu'ils encourent.

Si 2043KP33 est irrémédiablement redevenu un objet inerte, la question se pose de savoir s'il vaut mieux le conserver, en espérant qu'au retour sur Terre son démantèlement et l'analyse de ses matériaux puissent fournir des informations intéressantes pour les scientifiques, en dépit du risque potentiel de trouver des éléments toxiques, explosifs, ou bactériologiquement actifs, en tous cas dangereux pour la Terre. S'il faut s'en débarrasser, il faudra le faire avant que le vaisseau ne soit positionné sur la nouvelle orbite de transfert vers la Terre. En larguant 2043KP33 durant la manoeuvre, donc avant la fin des quatre prochaines heures, si on ne modifie pas la puissance fournie par la propulsion ionique, l'artefact n'aura pas atteint avec le vaisseau la vitesse nécessaire pour rendre possible, dans neuf mois, le rendez-vous avec le système terrestre. Ejecté du vaisseau, il poursuivra plutôt, seul, une orbite quelconque qui n'aura qu'une probabilité infime de croiser celle d'une planète dans les millénaires à venir. Le vaisseau, lui, terminera sans l'Anomalie le changement d'orbite qui le ramènera vers la Terre l'an prochain.

Mais si au contraire 2043KP33 n'est que temporairement en sommeil à cause de la pesanteur qui lui est imposée, il reste l'espoir de le ressusciter dès que le moteur ionique du vaisseau s'éteindra, c'est-à-dire lorsqu'il sera sur l'orbite de retour vers la Terre. Peut-être se réveillera-t-il alors spontanément, ou peut-être faudra-t-il à nouveau déclencher la séquence qui a conduit à l'émission de la raie à 21 cm en appliquant la sonde de conductivité entre le disque et l'anneau. On ne le saura probablement que lorsque l'on coupera le moteur… Mais alors il sera trop tard pour larguer l'Anomalie sans qu'elle accompagne plus ou moins le vaisseau, sur une trajectoire voisine, jusqu'au rendez-vous avec la Terre en mars 2044.

A moins que …

Si Lagrange 4 décidait ainsi qu'Erendiz ne devait pas larguer l'Anomalie durant la manoeuvre, et si l'équipage était incapable de la réanimer une fois positionné sur la bonne orbite de retour, le Comité serait tenté, pour éviter une contamination de la Terre, d'imposer à distance au vaisseau une nouvelle manoeuvre, en consommant une partie de la réserve de puissance des moteurs. Elle placerait Erendiz, toujours avec 2043KP33 dans son sas, sur une trajectoire qui éviterait la Terre. Dans ce cas, sur cette nouvelle orbite, avec ou sans largage de 2043KP33, tout danger pour la planète serait écarté. Mais le vaisseau aura raté le moment optimum pour la manoeuvre de retour et gaspillé une grande part du propellant restant. Un rendez-vous avec la Terre, s'il est possible, ne le sera alors pas avant de nombreuses années.

En effet il ne suffira pas qu'Erendiz soit capable de se remettre sur une trajectoire qui coupe celle de la Terre, mais il faudra en plus qu'il y passe en même temps qu'elle. Ce qui ne sera pas possible avant de nombreuses révolutions autour du Soleil. L'équipage aura eu le temps de mourir d'asphyxie, de faim, de vieillesse ou par suicide, ou de sombrer dans la folie.

A postériori, ils se demandent maintenant si leur insouciance de toute à l'heure, lorsque l'artefact ne s'était pas encore éteint, n'était pas naïve : si 2043KP33 avait continuer à délivrer des informations, et que celles-ci aient montré que ramener l'objet sur Terre est dangereux, ne les aurait-on pas sacrifiés, en utilisant, à n'importe quel moment du trajet retour, ce qui reste de propellant pour envoyer le vaisseau sur une orbite quelconque, sans espoir de rendez-vous avec leur planète d'origine ?

Les discussions vont bon train devant la console, dont l'écran panoramique affiche maintenant, en 3D, l'image holographie du cône blanc immobilisé entre les bras du télémanipulateur, dans le grand sas bleu.

Luka s'agite, ne tient pas en place, les muscles puissants de ses épaules roulent sous sa peau maintenant humide de sueur, sous le regard de Foy que son agitation intrigue et inquiète. Ugo, plus flegmatique, les yeux mis-clos, tambourine de ses doigts osseux la surface bombée de la console, et Bee, immobile, les yeux rivés sur l'écran, tente de maîtriser le ton de sa voix et de rester factuelle.

C'est alors que la voix synthétique du vocaliseur de Dan/ QR503AV[CyBrain], qui reproduit les intonations rocailleuses de Sven/3LGY789[Superviseur], retentit à nouveau, ajustée à un niveau sonore suffisant pour se faire entendre malgré les éclats de voix de la discussion en cours. Les experts de Lagrange 4, qui ont été mis au courant du changement intervenu il y a maintenant un quart d'heure sur l'Anomalie, n'ont pas mis plus de quelques dizaines de secondes à renvoyer un message, qui parvient à Erendiz après les six minutes de propagation des signaux radios depuis la station orbitale.

Sven leur fait part des instructions du Comité, qui sont de ne rien faire pendant les trois prochaines heures, et de ne pas modifier la poussée du moteur ionique, en maintenant une gravité artificielle de 0,1g dans Erendiz. Cela permet aux nombreux CyberCerveaux de la planète de poursuivre l'analyse de la masse d'informations binaires fournies par 2043KP33 avant qu'il ne s'interrompe. Peut-être parviendra-t-on à en extraire des éléments qui pourraient conditionner la décision d'abandonner ou non l'Anomalie. Si après ces trois heures de travail frénétique, aucun élément nouveau ne permet de trancher, il sera encore temps de prendre une décision, en fonction des éléments du moment, et d'utiliser la dernière heure d'accélération pour éventuellement larguer l'artefact.

Devant la grande console, en face de l'image blanche de la mystérieuse Anomalie, Bee lève les yeux vers ce qui tient lieu de plafond à la cabine, en secouant la tête, en espérant ensuite que ni ses coéquipiers, ni les yeux électroniques de Dan/QR503AV[CyBrain] n'ont enregistré son désappointement. Sur Ugo, qui serre les poings, et Luka qui marmonne entre ses dents des insultes à l'encontre de Sven, souffle un vent de mutinerie. Comment ceux de Lagrange 4 peuvent-ils les laisser dans une telle incertitude, alors qu'il en va de leur vie ? Les imaginent-ils suffisamment stupides pour ne pas avoir compris les implications de la décision que le Comité garde en suspend ? Veulent-ils les utiliser jusqu'au bout, au cas où l'Anomalie se réveillerait quand même durant les trois heures prescrites, pour ensuite, s'il ne se passe rien, les sacrifier sur une orbite cimetière où ils tourneront jusqu'à leur mort ?

Finalement les regards pointent vers Foy, qui jusqu'alors ne s'est pas exprimée. Elle est confortablement assise dans un des sièges baquets devant la console, qu'elle a fait pivoter pour leur faire face. Sur son visage, bizarrement, flotte l'ombre d'un sourire…

"J'ai peut-être une idée… ".
Trois paires d'yeux sont fixés sur elle. Une paire mauve, une paire brune, une paire gris acier.
Un silence…
"On n'a mis que 0,1g d'accélération pour ne pas trop chahuter 2043KP33, c'est bien cela ? Cela a quand même été suffisant pour provoquer l'arrêt de toute émission d'information. On aurait pu mettre 0,3g, cela aurait certainement été pareil, n'est-ce pas ? Et on n'a pas mis moins que 0,1g, pour ne pas prolonger trop longtemps la période de transition entre les deux orbites, et s'éloigner trop de l'endroit optimum, c'est bien cela ?"
Trois têtes opinent en chœur.
Maintenant, Foy/Z2W42UP sourit franchement, et jette même vers la camera du CyberCerveau la plus proche un regard frondeur, comme pour la narguer.
"Alors je propose de couper immédiatement le moteur, et de revenir en apesanteur. Comme lors de la découverte de l'artefact, mais cette fois-ci, il sera déjà dans notre sas. Nous reprenons alors sans perdre

de temps la séquence d'initialisation de 2043KP33, la prise dans les bras du télémanipulateur, et s'il devient noir, nous remettons le capteur de conductivité sur le disque et le cercle, etc... Si l'Anomalie se réveille, et que la suite des événements est la même, l'escalade des fréquences ... nous saurons que rien n'est perdu ! Nous pourrons à nouveau allumer les moteurs ioniques, cette fois avec une poussée un peu plus forte, par exemple 0,2g... Probablement, 2043KP33 s'éteindra à nouveau, mais cette fois nous aurons de bonnes raisons de penser que ce n'est pas irréversible. Et la plus grande accélération garantira qu'on passe sur la nouvelle orbite dans le temps imparti !"

Dans le silence qui suit, soudain crépite un bruit d'applaudissements, qui tombe des hauts-parleurs. C'est Dan/QR503AV[CyBrain] qui marque son approbation.
Un coup d'oeil circulaire de Bee fait comprendre à ses compagnons qu'il est plus simple d'aller très vite, de profiter des douze minutes disponibles avant que Sven n'ait le temps de manifester une désapprobation. Déjà Ugo progresse dans le couloir en direction du sas, et Luka pianote sur la console.
"Tenez-vous bien" crie Bee, puis elle donne au CyberCerveau l'ordre de couper les moteurs. Le murmure que propageaient les cloisons se tait, et c'est avec soulagement que les voyageurs retrouvent l'apesanteur.
Quelques instants s'écoulent, et...
Sur le grand écran, le cône blanc disparait, remplacé par une ombre noire. Seuls, visibles sur la base du cône, un disque blanc et un cercle blanc qui l'entoure indiquent où, dans quelques secondes, va se poser la sonde de conductivité.
Et l'escalade des fréquences reprend. Un peu plus tard, sur l'écran de l'analyseur de spectre couplé aux antennes de test, apparait l'émission radio tant attendue, qui elle aussi grimpe les fréquences par doublement successif.

Avant même que la raie de l'Hydrogène soit atteinte, après un raclement de gorge embarrassé, la voix de Sven/ 3LGY789[Superviseur] se fait entendre. Il les félicite. Ils ont carte blanche. Qu'ils continuent, mais sans poursuivre plus loin que la réception des données sur les isotopes. Qu'ils se hâtent de rallumer les moteurs.

Et sur l'écran de la console, comme s'il s'agissait de l'initiative de Lagrange 4, des instructions défilent, dont certaines ont déjà, à l'heure où elles sont reçues, été exécutées.

Et tout se déroule comme prévu, dans une grande fébrilité. Lorsque 2043KP33 a à nouveau récité la liste des isotopes, Luka/3KY5221 réactive la propulsion, non sans avoir envoyé ses compagnons dans leur cabines respectives.

Et, à nouveau, l'artefact se tait. Cette fois, dans la plus grande indifférence des occupants humains d'Erendiz.

Pendant les presque deux heures durant lesquelles les moteurs poussent le vaisseau, sous une accélération modérée de 0,2g, Bee, Ugo, Luka et Foy, épuisés de fatigue et d'émotion, dorment.

Seul, veilleur permanent et infatigable, Dan/QR503AV[CyBrain] veille, et envoie des messages de routine dans le vide interplanétaire, en direction du petit point lumineux qu'est, tout là-bas, la planète Terre.

Décryptage

Mission Erendiz
Le lundi 15 juin 2043, à 17h03 UTC

Lorsque Dan/QR503AV[CyBrain] réveille en douceur ses coéquipiers humains, l'orbite de transfert qui permet le retour vers la Terre est atteinte depuis presque cinq heures déjà.

Le CyberCerveau a jugé que ses compagnons biologiques avaient besoin de sommeil pour récupérer, après des heures intenses durant lesquelles leur capacité de concentration, leur énergie et leur endurance ont été éprouvées.

Après tout, le vaisseau et son étrange chargement sont maintenant sur une orbite stable, et le rendez-vous avec la Terre n'aura lieu que dans neuf mois. Tant que les ordinateurs ne sont pas venus à bout de la masse de données déjà récoltées, et ils en sont loin, quelques heures de plus avant d'en accumuler davantage ne sont pas critiques.

Et si l'Anomalie ne devait pas pouvoir être réactivée, on n'aurait rien perdu.

Conformément à leurs espérances, 2043KP33 est redevenu complètement noir pendant leur sommeil, à l'exception du disque et du cercle. Dès que l'apesanteur est revenue, alors que l'équipage dormait encore, Dan/QR503AV[CyBrain] a pris l'initiative de réactiver l'Anomalie prisonnière du sas, et lorsque Bee arrive devant le grand écran, les données se déversent déjà depuis longtemps dans la mémoire du CyberCerveau, qui les compare immédiatement, au fil de l'eau, à celles recueillies précédemment. Tout, absolument tout est identique.

Il ne va pas falloir longtemps pour que ce qui avait déjà été fourni la première fois par le cône soit répété, et que, probablement, de nouvelles données qui n'ont pas encore été enregistrées lors du premier transfert, puissent ensuite être disponibles.

En attendant, Luka, Foy, Ugo et Bee prennent le temps de se doucher dans la cabine étanche à projection qui, dans l'apesanteur retrouvée, permet de se laver agréablement. Contrairement à une douche terrestre, la cabine projette une bruine dense de tous côtés, qui masse délicieusement la peau. La difficulté réside dans le choix des détergents, qui doivent être très doux, car les gouttelettes sans poids en suspension dans l'air chaud sont abondamment inhalées. Une temporisation empêche l'utilisateur de quitter la cabine avant qu'un dispositif d'aspiration résorbe toute l'eau qui flotte dans la totalité de l'enceinte. Alors seulement, de l'air chaud pulsé permet le séchage de la peau.

Les quatre compagnons, qui se sont lavés deux par deux, en sortent vivifiés et dispos, et s'octroient un moment de repos. La gastronomie n'est pas aisée en apesanteur, et c'est dans des poches en plastique que Foy, gainée dans une courte robe noire très moulante à manches longues évasées, dont les volants s'agitent à chacun de ses mouvements dans l'apesanteur de la cabine, apporte à ses compagnons les petits plats qu'elle a décongelés et réchauffés.

Bee, elle aussi, a résolument décidé de profiter ce cet instant convivial, et elle a pris la peine de passer à sa taille, par-dessus la combinaison synthétique fumée semi-transparente qui la couvre de la tête aux pieds, une profusion de colliers d'ambre de couleur miel qui bougent comme des vagues à chacun de ses mouvements. Les deux hommes, restés nus, les suivent du regard, et leurs yeux brillent.

Et c'est dans une bouteille souple munie d'une tétine qu'un excellent Pinot Gris d'Alsace, Grains Nobles, Cuvée 2035, circule de main en main.

Ensuite, un peu euphoriques et passablement désinhibés, Foy avec Luka d'une part, Ugo avec Bee d'autre part, disparaissent en direction des cabines.

Quelques heures plus tard, un toussotement de Dan/ QR503AV[CyBrain] les tirent de leur somnolence et les ramènent vers la grande cabine de contrôle du vaisseau.

Le CyberCerveau leur annonce qu'un de ses "confrères" chinois, le CyberCerveau Wuh/ATPM364[CyBrain], a pu décoder les séquences mystérieuses qui s'intercalent entre les séries remarquables de nombres entiers. Il s'agit de descriptions de "Machines de Turing", les automates numériques universels capables de décrire et de simuler, par une méthode formelle n'utilisant, si besoin est, que des zéros et des uns, tous les programmes informatiques possibles.

C'est, l'explique Dan/QR503AV[CyBrain] sur un ton docte qui fait sourire son auditoire, une invention d'Alan Mathison Turing, génie tourmenté du vingtième siècle qui, il y a tout juste cent ans, en Grande-Bretagne, a craqué le Code Enigma qu'utilisaient les militaires allemands pour leurs messages secrets durant la seconde guerre mondiale. C'est lui qui, avec quelques autres mathématiciens, à posé les bases théoriques qui ont permis de créer les premiers ordinateurs programmables, qui ont évolué en moins d'un siècle vers les CyberCerveaux d'aujourd'hui.

La particularité des Machines de Turing, explique le Cybercerveau, est qu'elles sont de purs automates logiques, qui ne sont aucunement dépendants du support d'un quelconque hardware, et sont donc le tronc commun, élémentaire, primitif mais complet, la base de tous les ordinateurs, quel qu'en puisse être le concepteur. Si l'Anomalie provient d'une civilisation inconnue ou oubliée, la machine de Turing est le meilleur langage commun, le meilleur "modèle" qu'on puisse imaginer.

Les codes qu'a décrypté Wuh/ATPM364[CyBrain] à Taïwan, extraits du flux de données craché par 2043KP33, sont les descriptions de Machines de Turing, des programmes générateurs des suites numériques remarquables que l'Anomalie a récitées, celles des nombres premiers, des nombres de Fibonacci, ceux de Conway, et toutes les autres.

Déjà, les mathématiciens du monde entier se précipitent sur les codes des séries les plus difficiles, celles qui ont nargué les meilleurs experts humains depuis tant d'années.

La découverte du CyberCerveau taïwanais a ouvert une voie prometteuse dans le décryptage du flot de données fourni par l'Anomalie et stocké dans de nombreuses mémoires, un peu partout sur le globe.

Comme si un barrage avait soudain cédé, de multiples résultats convergent alors vers le comité d'experts réunis en vidéoconférence permanente simultanément sur Lagrange 4, Lagrange 5, et plusieurs stations au sol, dont celles de Toronto, Osaka, Nairobi, Quito, et d'autres encore. Ce comité s'est presque spontanément réuni, dans le mépris total des appartenances géopolitiques et de la concurrence économique forcenée entre les grands blocs de part et d'autre du Rideau de Titane. Bee, toujours en vertu du Free Information Act, a exigé que l'équipe embarquée sur Erendiz fasse partie du tour de table.

Cette fois, et c'est une première mondiale, non seulement les informations circulent librement comme le stipule le Free Information Act de 2036, mais les équipes d'ASIA, UNAFRI et NATO collaborent activement.
La conférence est très dense, et M'Ganga/3MPYUJI[Coordinateur], l'officiel de l'UNAFI à qui les représentants de NATO et d'ASIA ont

d'un commun accord confié la direction du groupe de travail sur l'Anomalie 2043KP33, a bien du mal à maintenir le calme. Ce n'est qu'en élevant le ton qu'il parvient à résumer synthétiquement la situation exceptionnelle qu'ils ont, tous ensemble, à gérer :

- Une mission vers Jupiter découvre un astéroïde qui s'avère être un artefact d'origine inconnue.
- Cet artefact témoigne d'une technologie plus avancée que la technologie humaine actuelle.
- Les données recueillies prouvent avec une certitude de 97,3% que l'artefact est d'origine terrestre.
- L'artefact ne peut ainsi provenir que d'une civilisation très avancée aujourd'hui disparue.

Tsé-Kao/KOP7TE3[Diplomate], un des représentant d'ASIA, demande la parole. Il fait part des risques de troubles sociaux et politiques que suscite l'énigme de l'artefact. Des adeptes de la théorie du complot, massivement relayés par les réseaux sociaux, prétendent que le Free Information Act n'a pas été respecté, qu'il ne l'a d'ailleurs jamais été, et qu'une puissance "non identifiée" a mené dans le plus grand secret, sur une station orbitale, des recherches menant à la conception d'armes. L'artefact découvert fortuitement par Erendiz, sous le feu des projecteurs médiatiques que suscite une telle mission, est un raté, une gaffe qui révèle maintenant à toute la planète que la masse des citoyens a été trompée.

Par ailleurs, des groupuscules religieux se sont eux aussi emparés des données déversées par l'astéroïde 2043KP33, et soutiennent que l'artefact est un message envoyé par Dieu, qui montre aux hommes leur arrogance en leur opposant une énigme qu'ils ne sauront pas résoudre. Qu'il est dangereux de chercher à décrypter les mystères de Dieu et que la mission doit renoncer à analyser tout ce qui vient de l'anomalie.

La séance devient de plus en plus houleuse, et M'Ganga/ 3MPYUJI[Coordinateur], une fois de plus, doit crier pour se faire entendre. Lorsqu'un calme relatif est revenu, il propose un vote de tous les représentants pour décider de la continuation, ou non, des investigations.

Le résultat est sans surprise.

A une quasi unanimité il est confirmé que la collecte des données débitées par 2043KP33 doit se poursuivre, et que tout doit être mis en oeuvre, au plus tôt, pour identifier les créateurs de l'artefact, et comprendre les données déjà stockées un peu partout sur la planète.

C'est une nécessité pour la science.

Et c'est la seule manière efficace de faire taire tous ceux qui y voient une machination humaine ou divine.

Bee, qui a pu assister aux échanges très vifs de la conférence, avec un retard de six minutes qui l'a empêché d'intervenir, en sort frustrée. Elle espérait que les résultats prétendument prometteurs annoncés avant la conférence permettraient de connaître l'origine de l'astéroïde. Ils ne portent, en fait, que sur les outils potentiels d'analyse des données connues. La découverte de programmes codés comme des Machines de Turing ne permet, pour le moment, que d'espérer que les informations déjà reçues et encore à venir pourront être déchiffrées.

Après tout, la difficulté ne provient pas de la taille des données collectées, car 2043KP33, avec sa porteuse à la fréquence de la raie à 21 centimètres de l'Hydrogène, modulée avec une horloge à 177 MHz, ne pourrait fournir, si tout était exploitable et significatif, qu'un peu moins de deux TéraOctets par jour.

C'est infime pour la capacité de traitement des CyberCerveaux. Non, la difficulté est plutôt dans l'analyse de ces données, dans la capacité que vont avoir les experts à en extraire quelque chose de signifiant.

Mais Bee se trompe, car les experts sur Terre font des progrès significatifs dans leur analyse. Ils comprennent déjà les bases de la syntaxe et l'organisation des informations, et perçoivent que ce qu'ils ont d'ores et déjà en leur possession n'est probablement qu'un prologue, un mode d'emploi pour ce qui va peut-être suivre.

Sinon à quoi bon énumérer des séries de nombres entiers ? Des théorèmes mathématiques ? Les propriétés géométriques des polyèdres réguliers ? Des listes d'isotopes ? Si ce n'est pour donner l'opportunité, pour ceux qui lisent les messages, de reconnaître des invariants universels leur permettant d'être sûr que leurs outils d'analyse sont les bons.

Mission Erendiz, le mercredi 15 juillet 2043, à 09h00 UTC

Bee et Ugo sont endormis, enlacés nus dans la cabine de Bee, mollement retenus par les sangles du baudrier, lorsque de nouveaux éléments s'affichent sur le grand écran de la cabine de contrôle.

Foy et Luka qui bavardaient, en flottant au milieu de la cabine, tous deux à siroter un bulbe de bon Cabernet Sauvignon chilien de la vallée de Malpo, s'interrompent subitement lorsque le vocaliseur du CyberCerveau susurre "Du nouveau !"…

Sur l'écran s'alignent des symboles, comme des lettres d'un alphabet ancien. Les analystes ont décelé dans les informations qu'ils décortiquaient des paquets de données binaires comptant chacun 4096 bits. Et, point remarquable, 4096 paquets de ce type se suivent, avec des différences parfois nulles ou très faibles d'un paquet au suivant.

En organisant ces données sur une matrice, un quadrillage de 4096 par 4096 points, et en représentant un "1" par un point noir et un "0" par et un point blanc, un dessin se dégage, un symbole, un "glyphe" comme les appellent les experts.

Et maintenant Foy et Luka peuvent voir, affichés sur l'écran, une suite de 32 caractères étranges, ne correspondant à rien de ce qu'ils connaissent, suivis de huit caractères aisément reconnaissables, qui ressemblent à une notation numérique de zéro à sept.

Un alphabet. Et des chiffres. Les êtres qui ont imaginé cela comptent manifestement en base 8, en octal, et d'ailleurs, dans l'organisation des données déjà collectées, le nombre 8 et ses multiples apparaissent constamment. Même les isotopes énumérés sont au nombre de 80.

Les yeux rivés sur le grand écran, Luka et Foy sont fascinés par cette révélation.

ɣ ⊥ ÷ ⫟ ⪑ Є ⋀ ⊢ ∟ ⊾ ⪡ ⪐ Γ Ɔ
ᴗ Ɵ ⊢⊢ ⪣ ⊙ ☉ ╋ ⬆ ⁄ ꞉ − ⟍ ⪤ ⟊ ⪢ ‖

• − = ≡ ·⊢ ⊣ ⊨ ⊟

Le rapport se poursuit : l'alphabet découvert dans les données ne correspond à aucun des alphabets connus, même si certaines "lettres" ressemblent fort à celles d'écritures anciennes, des runes nordiques, des lettres étrusques ou araméennes.

Les CyberCerveaux ne savent pas encore déterminer avec certitude s'il s'agit d'une notation phonétique ou syllabique. Mais leur petit nombre - trente-deux, plus ce qui apparaît probablement comme huit chiffres - exclut a priori une langue notée par idéogrammes, comme l'était le chinois jusqu'en 2031.

La probabilité que cette notation puisse dériver d'une écriture antique connue est évaluée par les machines à seulement 21%.

Les experts pensent qu'une partie significative des données transmises par 2043KP33 est un ensemble de textes dont les lettres, puisées dans l'alphabet découvert dans les données, sont codées en binaire.

Une recherche statistique portant sur la fréquence de motifs binaires particuliers, répétés de nombreuses fois, devrait permettre de décoder ces textes, qui demanderont ensuite à être interprétés, pour en extraire une signification.

Luka et Foy en sont encore à discuter de ce qu'ils viennent d'apprendre lorsque, sur l'écran, de nouvelles informations défilent. De nouvelles matrices de points, beaucoup plus grandes, de dimension 65536 x 65536 points, ont été trouvées dans les données de l'artefact.

Une représentation du système solaire. Une feuille de fougère. Une libellule. Une machine inconnue, avec des leviers et des rouages. Un atlas stellaire qui ne correspond à rien de connu. Des agencements de molécules.

Ses ces dessins, des lettres alignées, comme celles révélées quelques instants plus tôt, semblent composer des légendes, des annotations. De quoi aider les CyberCerveaux à comprendre la langue inconnue qui correspond à l'alphabet mystérieux.

Luka, tout excité, va réveiller Bee et Ugo qui, sans prendre la peine de s'habiller, les rejoignent devant l'écran. Tous les quatre, rassemblés en face du moniteur de la cabine de contrôle, commentent alors les images extraordinaires qu'ils découvrent. De nouveaux flacons souples de Cabernet Sauvignon circulent. Machinalement, sans qu'elle en ait vraiment conscience, la main de Foy parcourt les épaules musclées de Luka.

Puis suivent des analyses et des commentaires émis il y a sept minutes par les meilleurs cerveaux synthétiques de la Terre.

Le décalage de transmission ne va qu'augmenter dans la première phase du retour vers la Terre, car la position relative du transmetteur de Lagrange et du récepteur du vaisseau, chacun sur son orbite, les éloigne dans un premier temps, avant qu'inexorablement ils ne se rapprochent. L'éloignement maximal surviendra au tout début d'octobre 2043, et il faudra alors près de douze minutes aux données fournies par 2043KP33 pour arriver aux super-calculateurs de la grande station orbitale.

La tâche de décryptage d'une langue dont on ne sait absolument rien, et sans d'autres points d'entrée que des suppositions sur la signification des légendes des images collectées, promet d'être extrêmement ardue. En effet, pas plus qu'on ne sait relier de manière fiable l'alphabet qui vient d'être découvert à une base connue, on ignore de quel groupement humain, de quelle famille linguistique archaïque le langage des créateurs de 2043KP33 est issu.

Tout au plus a-t-on pu, d'ores et déjà, formellement écarter, sur la base de différences structurelles manifestes, une appartenance aux familles de langues eurasiatiques, caucasiennes et nilo-sahariennes.

Mais les moyens mis en oeuvre un peu partout sur la planète sont formidables, et les meilleurs experts sur Terre, rassemblés autour de l'Institut Noam Chomsky de Lisbonne, estiment qu'il ne faudra pas plus d'un mois (avec une probabilité de 78%) pour décrypter tout ce que l'Anomalie a déjà fourni à ce jour, en utilisant les acquis accumulés depuis une trentaine d'années sur la Grammaire Générative de l'espèce humaine, qui serait un tronc commun linguistique inné, génétique déterminé, commun à tous les humains. Mais d'ici là, peut-être 2043KP33 fournira-t-il des éléments plus explicites ?

Les récentes trouvailles, plutôt que de rassurer, provoquent des deux côtés du Rideau de Titane, des remous de plus en plus difficiles à juguler. A Mexico comme à Bangkok, de violentes manifestations religieuses ont éclaté, les foules réclamant "Une application honnête du Free Information Act" qui "occulte les messages divins apportés par l'astéroïde sacré". Par ailleurs des voix de plus en plus insistantes s'élèvent un peu partout, réclamant "toute la vérité sur la civilisation perdue de l'Age d'Or" dont l'Anomalie serait le "témoin incontestable".

Encyclopédie

Mission Erendiz
Le vendredi 23 octobre 2043, à 19h27 UTC

Les semaines ont passé, et à l'exaltation des premières trouvailles a progressivement succédé l'ennui de journées sans événements majeurs. L'Anomalie a continué à déverser, par cycles de quelques dizaines d'heures, de longs fichiers de données binaires dont la structure, de toute évidence, suggère qu'il s'agit de textes organisés en chapitres numérotés, comme le serait une encyclopédie.
Les grands blocs de données sont séparés par des silences, et précédé chacun d'un motif évoquant un codage numérique en base 8, comme une numérotation.

Mais l'Institut Noam Chomsky a été bien trop optimiste, en estimant que sur la base des invariants syntaxiques communs à toutes les langues humaines, les textes seront décryptés dans un intervalle d'un mois. Bien sûr, des "mots" ont pu être isolés, des répétitions promptement pointées par les puissants CyberCerveaux, des propositions avancées, quant au contenu de ce que, déjà, les médias et le public appellent "L'Encyclopédie de l'Astéroïde". Mais les linguistes se perdent en conjectures, et espèrent encore, devant leur impuissance à trouver la clé du mystérieux langage, que de nouvelles données transmises par Erendiz leur fourniront enfin une solution.

Malgré les jours qui passent, et la routine qui pourrait s'installer, l'équipe du vaisseau est maintenue officiellement en état d'alerte permanent, afin de pouvoir réagir rapidement si l'artefact demandait une action rapide. Selon les instructions de Bee/A96H70C[Capitaine] secondée par Foy/Z2W42UP[Psy], un roulement entre les quatre membres d'équipage a été mis en place, qui ménage de longues plages de repos et d'oisiveté, tout en assurant une astreinte vigilante d'au moins un équipier dans la grande cabine de contrôle.

Progressivement, la durée de transmission radio avec la Terre s'est étirée, et approche maintenant le maximum de douze minutes, avant la décroissance qui surviendra lors de l'approche de la Terre, qui commencera dans quelques jours.

Il y a quelques semaines déjà, Foy, Luka, Ugo et Bee ont décidé, compte tenu de la difficulté croissante de tenir un dialogue avec Lagrange 4, et de la formidable puissance informatique allouée sur Terre à l'étude des données transmises par le vaisseau, de ne pas utiliser les ressources de leur CyberCerveau embarqué pour essayer de décrypter les messages de l'artefact.

Dan/QR503AV[CyBrain] va plutôt se contenter d'assurer toutes les tâches inhérentes à la bonne marche du vaisseau, ainsi qu'à l'affichage de toute matrice graphique qu'il pourra, par un examen rapide, extraire à la volée de ce qu'il reçoit de l'Anomalie. De cette manière, si un élément nouveau survenait, un graphique éloquent, un dessin, qui éclairerait les résultats très partiels déjà accumulés par toute la force de calcul de la Terre, l'équipage le saurait douze minutes avant les équipes de la planète et de ses stations orbitales, et vingt-quatre minutes avant que la Terre ne puisse les en informer.

Cet espoir de la primeur d'une découverte pourra être, de l'avis de Foy, un avantage psychologique, une intéressante compensation de la frustration croissante de se voir relégués au rôle d'intermédiaires chargés uniquement de la collecte de l'information, alors que la possibilité d'une percée dans le décodage des données est passée entre les mains d'équipes très spécialisées distantes de plus de deux cent millions de kilomètres.

Au fil du temps, l'équipage a rapidement adopté quelques rituels, lui permettant de conserver un semblant de vie sociale dans le huis clos du vaisseau, de supporter l'ennui, de repousser les cauchemars occasionnels que suscite la mémoire encore trop vive des horreurs de la guerre qu'ils ont vécue[5], de maintenir le moral que la soudaine démobilisation, après l'effervescence des premières découvertes, risque d'entamer peu à peu.

Ce "soir-là" (ils vivent à l'heure UTC, comme les astronomes), ils sont tous quatre rassemblés pour un repas convivial arrosé d'un thé précieux Makaibari de Kurseong, en ASIA, valant bien son poids de Dysprosium.

Les réserves alimentaires du vaisseau, prévues pour un long séjour sur Callisto, sont devenues pléthoriques, depuis que la mission a été modifiée pour capturer et ramener l'Anomalie 2043KP33. Il leur sera impossible, durant les six mois qu'il leur reste jusqu'à l'arrivée en orbite autour de la Terre, de venir à bout des stocks de vivres. Bee a donc décidé, sans en référer à la Terre, qu'il n'y avait aucune raison de ne pas en profiter, et de se priver, durant la longue attente, d'une vie hédonique qui trompera leur ennui.

Les seuls interdits absolus à bord concernent 2043KP33 : malgré les velléités répétées de Luka et d'Ugo d'expérimenter des variations de l'éclairage prodigué à l'artefact par les deux grands projecteurs, ou la position des électrodes du capteur de conductivité, ou encore des antennes radios, Bee s'est montrée inflexible : il ne faut absolument rien entreprendre qui pourrait interrompre le flux de données, qui risquerait ne pas repartir, ou de recommencer au début.

Les deux hommes dépensent donc leur surplus d'énergie dans la petite cabine de sport, tout au bout du vaisseau près des propulseurs, à tirer sur des ressorts et à déplacer de lourdes masses, de poids nul dans la totale apesanteur, mais qui n'ont rien perdu de leur inertie.

Les deux femmes préfèrent la petite cabine matelassée consacrée à la gymnastique et aux sports de combats, où elles se mesurent dans des

---

[5] Guerre Globale : voir l'article de Wikicycla, page 177

joutes amicales, qui ressemblent à des chahuts, entrecoupées de grands éclats de rire.

Le sommeil, la lecture, les séances de formations avec un Cyber-Professeur, le sexe à deux, à trois ou à quatre, et les repas gourmands occupent le reste de leur temps.

Ce soir, Bee et Foy, par jeu, ont adopté des tenues identiques : elles portent des combinaisons moulants noires brillantes, agrémentées de larges bracelets de la couleur et aux reflets discrets de l'étain, aux poignets et aux chevilles, ainsi qu'un collier ras du cou et une ceinture corset de la même matière. L'apesanteur fait flotter leurs chevelures dénouées, comme des crinières autour de leurs épaules. Elles ont également choisi la même couleur d'yeux, et leur regards oranges les rendent étranges à leurs deux compagnons, qui ne les poursuivent de regards concupiscents.

Foy, qui termine de suçoter la tétine du bulbe de Makaibari, est la seule à faire face à l'écran. Au beau milieu d'une phrase, elle s'interrompt et fixe les nouvelles images qui apparaissent devant elle. Les trois autres, qui remarquent son soudain changement d'attitude, tournent la tête et s'immobilisent. Là, sur la surface plate et satinée, en noir et blanc….

"La Terre du Milieu… " murmure Foy, comme dans un rêve.

Ugo la regarde d'un air interrogateur, et Foy, qui a du mal à arracher son regard de l'écran, explique que l'espèce d'île, ou de continent, qu'affiche maintenant le grand moniteur, avec ses côtes découpées, ses îlots, ses chaînes de montagnes, ses fleuves, ressemble aux vieilles gravures représentant la Terre du Milieu, le théâtre de la saga qu'un linguiste de génie a écrite, il y a presque un siècle, et qui est devenu un best-seller mondial.

Le Seigneur des Anneaux, de Tolkien.

Dans le silence étrange qui s'installe, et la gêne de Foy d'avoir si spontanément évoqué ses lectures d'enfant, résonne étrangement le petit raclement de gorge émis par le vocaliseur.

"Hum…. La Pangée… "

.

La Terre du Milieu

"La Pangée !?"
Bee lève son regard orange vers le haut-parleur dans la cloison, comme si c'était là que résidait le cerveau synthétique de Dan/QR503AV[CyBrain], pour lui réclamer des explications.

"Version courte?" Interroge le CyberCerveau. Bee hoche la tête.

"Les continents terrestres dérivent lentement au cours des âges géologiques, se rapprochent, s'agglutinent, se brisent à nouveau. La dernière fois qu'ils étaient tous rassemblés en un super-continent, c'était la Pangée".
Avant que les quatre humains en demandent davantage, le CyberCerveau, dont les analyseurs physionomiques ont lu l'incompréhension sur leurs visages, reprend, après ce qui ressemble à un raclement de gorge :

"Version plus longue : Alfred Wegener, scientifique allemand, a publié en 1912 une théorie alors révolutionnaire sur la dérive des continents, qui ne fut pleinement reconnue et adoptée par la communauté scientifique qu'à la fin des années 1960. Cette théorie propose que les continents dérivent lentement sur le manteau terrestre, mus par les lents courants des roches brulantes et visqueuses sous-jacentes. Plusieurs fois pendant l'histoire de la planète, les continents se sont trouvés rassemblés en une immense masse entourée d'un seul et immense océan. Le dernier super-continent de ce type a commencé à se disloquer il y a 252 millions d'années. Les géologues l'ont appelé la Pangée."

Les quatre équipiers échangent des regards, hésitent à comprendre. Les gens qui ont créé l'Anomalie 2043KP33 ont laissé… une carte de la Pangée !

Avant que ses compagnons biologiques n'aient le temps de poser d'autres questions, Dan/QR503AV[CyBrain] précise qu'il y a d'autres cartes, qui toutes représentent, à diverses échelles, des portions de la côte de la Pangée, ainsi que des îles à proximité, avec une profusion de détails ignorés des géologues d'aujourd'hui, dont les reconstitutions de cet ancien super-continent ne sont que très approximatives.

Luka ouvre la bouche pour poser la question évidente qu'ils ont tous quatre à l'esprit, mais le CyberCerveau le devance : non, il n'y a à ce jour, dans la masse des données déversées par l'Anomalie, aucune carte plus récente que 252 Millions d'années.

Et Dan/QR503AV[CyBrain] rajoute, comme avec une pointe d'ironie, que les plantes et les animaux représentés, les fougères, les ginkgos, les prêles, les insectes, sont tous contemporains de la Pangée.

Parmi les "gravures" fournies par le grand cône noir, il n'y a ni oiseaux, ni mammifères, ni plantes à fleurs, ni même aucun dinosaure.

Cette fois ils parlent tous en même temps, et la redoutable capacité d'analyse du CyberCerveau est insuffisante pour séparer les questions simultanées qui fusent.

Peu à peu, toutefois, les questions s'espacent, et Dan/QR503AV[CyBrain] y apporte des éléments de réponse.

Les regards se portent de temps en temps sur l'horloge dont les chiffres défilent dans le coin de l'écran. Compte tenu du temps de transfert aller-retour des derniers résultats, les analyses des CyberCerveaux de la Terre, et les commentaires des experts humains réunis, ne devraient maintenant plus tarder.

Et en effet, la grosse voix de Sven/3LGY789[Superviseur], relayée par le vocaliseur, annonce que le groupe d'experts sur Lagrange 4 peut affirmer, avec un taux de confiance de 93%, que les êtres qui ont conçu 2043KP33 étaient des créatures terrestres non humaines, qui ont vécu il y a 252 millions d'années à l'époque de la Pangée. Très, très longtemps avant les premiers êtres humains. Bien avant les mammifères et les oiseaux, avant même les dinosaures. Durant une ère géologique que les géologues appellent le Permien. Dont on ne sait presque rien. Quelques fossiles d'animaux ressemblant à des salamandres et des lézards, quelques immenses reptiles surmontés de membranes dorsales, quelques grands prédateurs. Des lézards volants. De grandes forêts de fougères arborescentes, de conifères, de ginkgos et de prêles.

Des climats variés, selon les régions de la Pangée, des déserts, des forêts tropicales.

Luka, Foy, Ugo et Bee sont en face du grand écran, sur lequel défilent des images, des chiffres, des données, des graphiques.

Ils apprennent notamment… qu'on ne sait rien… ou pas grand-chose, sur cette époque reculée. Les fossiles retrouvés ne représentent probablement qu'une très faible proportion du nombre d'espèces vivant durant le Permien. Le temps a presque tout effacé, avec des coulées de lave, d'épais alluvions, et l'érosion des terrains qui a meulé les roches. Les glaciers qui ont raboté les sols. Des portions importantes de la croûte terrestre se sont enfoncées, par "subduction", dans les profondeurs du manteau, lors de la dérive des continents.

L'action inexorable du temps a effacé le monde perdu du Permien.

Les scientifiques connaissent la silhouette approximative de la Pangée, la position des chaînes de montagne, et il savent que vers 252 Millions d'années avant le présent, à la fin du Permien, une intense activité volcanique a transformé les milieux naturels. De titanesques coulées de lave se sont épanchées sur ce qui est devenu depuis la Sibérie, sur une superficie de près de 1 500 000 km^2 et une épaisseur se comptant en kilomètres, modifiant le climat, expulsant dans l'atmosphère des gaz délétères et du Soufre. Les scientifiques estiment qu'alors 95% des espèces marines et plus de 70% des espèces terrestres ont péri.

"… et avec elles une espèce intelligente…" murmure Foy, comme dans un rêve.

Le CyberCerveau, malgré les bruits ambiants, l'a entendue. Il se permet de rajouter que rien, en effet, ne permet de prétendre qu'il n'y a pas pu y avoir, il y a 252 Millions d'années, sur la planète Terre, une espèce évoluée, qui aurait accédé à la science et à la technologie, et qui aurait disparu au cours de la Grande Extinction du Permien, le plus grand cataclysme écologique que la planète Terre a jamais connu.

Et Luka ajoute, avec un sourire :
"… mais seul un auteur de science-fiction aurait pu l'imaginer… ! "

Les données affluent, et les occupants du vaisseau Erendiz sont noyés sous les informations, jusqu'au vertige.
Foy, la première, prend conscience de ce qu'ils sont maintenant incapables d'en absorber davantage, et lorsqu'elle pousse Bee du coude, et lui lance un regard appuyé, les yeux oranges dans les yeux oranges, cette dernière, les deux bras levés, intime au vocaliseur d'interrompre ses annonces.
Ses doigts volent sur le clavier tactile de la console, et l'écran, à son tour, s'éteint.

Déjà Foy se retourne vers les deux hommes et leur tend des bulbes d'un liquide pourpre, qu'elle vient de retirer du petit placard où elle garde ses meilleurs vins.

"Nous devons parler, tous les quatre, faire le point". Et le regard levé vers le haut-parleur du vocaliseur : "Pas de transmission". Et Bee le confirme d'un hochement de tête.

La situation est complexe. Ils trouvent un astéroïde étrange, qui est un artefact, probablement lancé dans l'espace par des êtres intelligents qui auraient vécu sur la Terre avant les dinosaures. C'est du délire. C'est énorme, c'est tellement difficile à croire, même avec l'évidence, la preuve, là, tout près, dans le sas, à quelques mètres seulement.

Les répercussions sur l'humanité vont être majeures. La croyance anthropocentrique en l'unicité de notre espèce, et sa supériorité sur toutes les autres, s'effondre d'un coup.

Depuis la fin du vingtième siècle, la recherche d'intelligences extraterrestres, la quête de signaux provenants d'autres mondes se sont avérées vaines. Pas la moindre trace d'aliens, où que l'on regarde, et ce, malgré la découverte de milliers de systèmes planétaires dans la Galaxie, et l'identification d'une multitude de planètes semblables à la Terre.

Les religions avaient progressivement accusé un recul, depuis le dix-neuvième siècle, lorsque notre espèce s'est trouvée reléguée parmi les autres, juste un primate un peu plus évolué. Lorsque notre Soleil n'est devenu plus qu'une étoile jaune secondaire en marge d'une galaxie ordinaire, dans un univers qui compte des milliards de telles galaxies, et notre planète une poussière dans l'immensité.

Mais maintenant, notre histoire, elle aussi, devient banale : nous ne sommes qu'un cousin du chimpanzé qui a maîtrisé le feu il y a 800 000 ans, inventé l'agriculture il y a 10 000 ans, l'énergie atomique et les voyages spatiaux il y a moins de 100 ans. Un battement de cils dans l'histoire de la Terre. Si l'Homme disparaissait aujourd'hui, les bâtiments, les infrastructures, tout ce qui est apparent serait écroulé, effrité, oxydé et submergé par la végétation en quelques siècles seulement. Il ne resterait plus de traces visibles de l'humanité dans un millions d'années. Tout au plus, dans dix millions d'années, des explorateurs du futur pourraient-ils s'étonner de niveaux de radioactivité anormaux à certains endroits. Là où se seront désagrégées nos vieilles centrales et les silos de nos ogives nucléaires aujourd'hui dépassées, que nos pères ont accumulées jusqu'au début du siècle.

Il y a 252 Millions d'années, il y a eu sur Terre des "gens" qui ont mis un en orbite autour du Soleil un cône étrange. Un objet fait d'une matière inconnue, et qui maintenant raconte son histoire.

Bee, Ugo, Luka et Foy se sont instinctivement rapprochés, et sans en avoir vraiment conscience, se sont mis à chuchoter.

Des aliments circulent, de l'alcool. Le vocaliseur reste muet. Ils sont bien ensemble, serrés, comme s'ils partageaient un secret alors que, relayés, douze minutes plus tard, par les grandes antennes paraboliques, les flots de données déversés par 2043KP33 sont diffusés vers tous les continents et dans les stations orbitales, et des millions de terriens, désorientés ou émerveillés, abasourdis, par petits groupes, discutent de ces informations stupéfiantes qui changent le cours de l'histoire.

De nombreuses vidéoconférences ont lieu simultanément, par-delà les continents, entre des experts qui réexaminent, avec un regard neuf, les fichiers énigmatiques qu'ils ne sont pas parvenus à décrypter.

Bien sûr, s'il s'agit des éléments d'une espèce d'encyclopédie, mais écrite par des êtres non-humains, et il est vain d'essayer d'y retrouver des éléments qui appartiendraient à un socle commun à toutes les langues de notre espèce. Exit la Grammaire Générative. Exit Chomsky.

Et les CyberCerveaux reprennent leur travail, en utilisant les légendes des cartes de la Pangée, celles des représentations d'animaux et de plantes, ils réexaminent les ressemblances statistiques découvertes dans les fichiers.

Les quatre compagnons retenus par leur ceinture dans les sièges de la grande cabine du vaisseau, sont maintenant ivres de rêves et de vin. Leur élocution est devenue laborieuse. L'émotion les a épuisés.

Dan/QR503AV[CyBrain], leur compagnon électronique, que ses concepteurs ont doté de tact, ne les dérange pas. Même le superviseur de Lagrange 4 se garde d'intervenir. Peut-être le CyberCerveau l'a-t-il averti, ou peut-être le bloque-t-il simplement.

Mission Erendiz
Le samedi 24 octobre 2043, à 8h12 UTC

Ugo est le premier à se réveiller. Le vocaliseur diffuse "First Song for Ruth", un très vieux standard de jazz susurré par un saxophoniste dont Ugo a oublié le nom. La tête encore lourde, tandis que les notes feutrées coulent, il se dégage du baudrier qui le maintenait dans le fauteuil et se déplace précautionneusement vers la cabine de douche, en abandonnant en chemin ses vêtements qui flottent dans la coursive.

L'automate est déjà en train de le sécher lorsqu'à leurs tours, Luka et Bee prennent conscience de la situation, de l'heure, de leur abandon. Le vocaliseur s'est tu. Ils secouent doucement Foy qui ouvre des yeux oranges encore brumeux.

Trente minutes plus tard ils sont tous réunis, rafraîchis, alertes, et restaurés.

Bee, posément, résume la situation : les nouveaux éléments découverts la veille vont probablement être confirmés et tout va être mis en oeuvre pour décoder "L'Encyclopédie de l'Astéroïde".

Les scientifiques sont évidemment impatients d'en savoir davantage. Mais il ne s'agit pas seulement d'une quête de savoirs inconnus : la mise à jour de connaissances avancées dans le domaine scientifique peut aussi avoir de profondes répercussions dans d'autres aspects de la vie des Humains. Une fenêtre sur le monde d'une autre espèce intelligente peut apporter de nouveaux éclairages dans le domaine de la politique, de la sociologie, et peut-être de la philosophie.

Cela, c'est ce que Bee dit, au vue et au su de Dan/ QR503AV[CyBrain], qui transmet tout vers la Terre.

Ce qu'elle ne dit pas, mais que tous comprennent, sans le verbaliser car le CyberCerveau les écoute, c'est que ce que les "Gens du Permien" peuvent apporter est potentiellement tellement important que la tentation, en dépit du "Free Information Act" de s'approprier leur savoir pourrait être dangereuse.

Si tout ou partie des TéraOctets que divulgue 2043KP33 en continu sont détournés à des fins politiques, sans être portés à la connaissance de tous, alors la puissance qui se les serait appropriés a intérêt à ce que le vaisseau Erendiz, son précieux chargement, et son CyberCerveau ne reviennent jamais sur Terre.

Bien sûr, se dit Bee, il faut se garder de développer une psychose, d'échafauder une "théorie du complot". Mais la crainte d'être simplement utilisés par une puissance qui les dépasse est-elle illégitime ?

Ne devraient-ils pas, eux qui sont dans le vaisseau, stocker dorénavant toutes les données dans leur CyberCerveau, mais interdire toute nouvelle transmission vers la Terre ? Ce serait leur assurance-vie…

Tandis qu'ils échangent des regards, une courte phrase tombe des hauts-parleurs :

"Je ne transmets pas ce qui se passe ici en ce moment".

Foy d'abord, puis les autres éclatent de rire. Un rire nerveux, un rire de soulagement. Ils comprennent que, rien qu'avec leurs mimiques, leur gestes, leurs attitudes, leur discours non verbal, les analyseurs physionomiques de Dan/QR503AV[CyBrain] ont pu saisir le message silencieux qui circulait entre eux. Leur compagnon non humain, qui les connait et les observe depuis maintenant de longs mois, a appris à les débusquer, à anticiper leurs demandes, à les étonner, aussi. Il a aussi appris, peu à peu, à lire leurs sentiments, à détecter leurs appréhensions, leurs peurs et leurs joies.

Le CyberCerveau aurait pu décider de ne pas le leur faire savoir, et avertir Lagrange 4.

Non, Dan/QR503AV[CyBrain] se range de leur côté. Aurait-il un sens du "moi", une espèce d'instinct de conservation qui lui dicte de ne pas courir le risque d'être condamné avec le vaisseau et ses autres occupants ? Foy est comme prise de vertige à cette pensée.

Quelques lignes défilent sur l'écran, maintenant, tandis que le CyberCerveau annonce à Bee, Luka, Foy et Ugo que les données actuellement fournies par le cône noir dans le sas ne sont que la répétition de données déjà transmises, telles quelles. Si 2043KP33 répète ce "dossier" jusqu'à sa fin comme lors de sa première transmission, alors de nouvelles données ne seraient disponibles que dans 36 heures.

Et avec un petit rire, le vocaliseur dit que le même "dossier" pourrait peut-être se répéter un bien plus grand nombre de fois. Après un instant de silence intrigué, des sourires s'échangent, des tapes dans le dos.

Mais bien sûr ! C'est une excellente idée ! Tous les dossiers déjà reçus ont déjà été répétés par l'Anomalie, parfois plusieurs fois, et si celui transmis en ce moment était encore et encore répété vers la

Terre, même après que l'Anomalie soit passée au suivant, cela permettrait de stocker localement dans la mémoire du CyberCerveau du vaisseau des éléments nouveaux peut-être sensibles, tandis que la Terre continuerait à recevoir des données qu'elle a déjà reçues. Il faudra bien sûr tout divulguer, lors du retour sur Terre, bien sûr, en vertu du Free Information Act, mais d'ici là la situation aura eu peut-être le temps de se dénouer.

Mais pour le moment, tant que les analystes sur Terre n'ont pas encore décortiqué et décrypté tout ce qu'ils ont stocké de l'Encyclopédie de l'Astéroïde, mieux vaut attendre.

Peut-être les craintes de l'équipage d'Erendiz s'avèreront-elles infondées.

Des accolades s'échangent entre Foy, Bee, Luka et Ugo. Seul Dan/QR503AV[CyBrain], et ses circuits électroniques enfouis derrière une des cloisons de la cabine, ne prend pas part aux effusions.

"Il serait peut-être bon de reprendre la transmission de ce qui se passe ici", murmure Bee.

Annonce

Mission Erendiz
Le dimanche 29 novembre 2043, à 12h13 UTC

Plus d'un mois s'est écoulé, et la situation, depuis les révélations sur l'identité possible des créateurs de l'astéroïde, n'a pas évolué. La vie dans le vaisseau qui se situe maintenant à deux cent millions de kilomètres de la Terre s'organise entre les travaux de maintenance, les loisirs, les discussions, et l'analyse rapide des données que l'Anomalie, toujours prisonnière du grand sas, calée entre les patins élastiques du télémanipulateur, continue à déverser dans la mémoire du CyberCerveau.

L'équipage est dispersé dans le vaisseau, à vaquer à des tâches de routine, le nettoyage du circuit de ventilation, le rechargement du détergent de la douche pulsée, la vérification de l'état des tuyères de la propulsion ionique…

Mais là, à l'instant, soudain tous les hauts-parleurs du vocaliseur émettent à l'unisson le carillon qui convoque l'équipage à une conférence avec la Terre. C'est l'expression consacrée, mais compte tenu du grand délai de propagation, il s'agit plutôt d'un monologue. Lagrange 4 a quelque chose à leur annoncer.
Les voilà rassemblés autour de la grande console, en face de l'écran.
Il semblerait que Sven/3LGY789[Superviseur] veuille donner une certaine solennité à son allocution, car contrairement à son habitude, il ne se contente pas d'une transmission seulement vocale. Le grand écran le montre assis à son bureau, dans la pesanteur artificielle que crée la rotation de Lagrange 4 sur son axe. Son air est grave, presque sévère. L'image tridimensionnelle de son buste avance un peu devant l'écran, tellement réelle qu'elle semble palpable. Ugo se surprend à

être agacé par le tic qui, toutes les quelques secondes, contracte le coin de l'oeil du superviseur.

"Mes amis" commence-t-il. Etrange. Jamais encore il n'avait employé cette formule avec eux.

"Depuis plusieurs semaines, Erendiz ne transmet vers Lagrange 4 plus que des données déjà envoyées auparavant, à l'exception de quelques cartes et images que vous avez pu décoder en temps réel dès réception des signaux reçus par les antennes que vous avez pointées sur 2043KP33 dans votre sas n°2. "

Des regards s'échangent. Ils ont compris…

"Ceci est insolite, et ne correspond pas vraiment au schéma utilisé par l'Anomalie en début de ses transmissions. Les analystes et les psychologues ont étudié la séquence des événements et les enregistrements de vos conversations et de vos interactions tout au long de la mission, depuis les premiers messages fournis par 2043KP33.

Et il en ressort, avec une probabilité de 82% d'après nos experts, que vous avez délibérément retenu des informations depuis plusieurs semaines, de crainte que des données trop sensibles n'amènent, pour des raisons supérieures et souveraines, les dirigeants de la mission à éliminer Erendiz et tout ce qu'il contient".

Ils se sont tous quatre mis à parler, à commenter, à ironiser, cyniquement, sur le ton et la teneur du discours qui leur est servi. Mais Sven, qui ne les entendra que dans dix minutes, poursuit imperturbablement.

" Nous vous comprenons, et nous comprenons votre instinct de survie, dans le contexte de votre isolement. Nous n'avons aucun moyen de vous contraindre, car même votre CyberCerveau est devenu votre allié. Tant que vous retiendrez des informations, nous serons obligés, si nous voulons à terme y avoir accès, de vous laisser poursuivre votre route vers la Terre. "

Bee et Foy échangent un sourire. Sven continue.

"Mais quelque chose d'important a changé… "

Sven/3LGY789[Superviseur] marque une pause, s'agite un peu dans son fauteuil.

"Nous avons décodé une partie de l'Encyclopédie de l'Astéroïde. Il y a plusieurs jours déjà. "

Sven explique que de nouveaux CyberCerveaux conçus à Séoul, sur le territoire d'ASIA, ont fini par craquer le code qui a si longtemps résisté aux analystes. En faisant des hypothèses sur le sens de fragments associés à des images, les machines coréennes ont pu attribuer des significations plausibles à d'autres légendes relatives à d'autres images. Et ainsi de suite.

Et alors, comme un château de cartes qui s'effondre, des pans entiers de l'Encyclopédie de l'Astéroïde sont devenus intelligibles. Du moins pour ce qui est des descriptions de situations concrètes.

Des chapitres entiers restent obscurs, toutefois. Les sémanticiens les plus éminents tentent de comprendre et de reconstituer les éléments de la langue relatifs aux abstractions, et de détecter si, dans ce qui doit bien être appelé un texte, transparaissent des notions de morale, de sentiments, de croyances. Un long, un très long travail reste à faire.

Sven annonce à l'équipage d'Erendiz que tout ce qui est décrypté est désormais à leur disposition, de manière totalement transparente, comme l'impose d'ailleurs le Free Information Act. Et, ajoute-t-il, en insistant bien sur chaque mot, il attend la réciproque.

Le coordinateur semble arriver à la fin de son exposé, mais Foy, la plus attentive de l'équipe aux subtiles messages non verbaux que véhiculent les postures, les mimiques, les gestes des mains, attend une dernière annonce importante.

Elle a vu juste, car après une pose, Sven/3LGY789[Superviseur] leur annonce que les mystérieux créateurs de 2043KP33 se nomment eux-même "Ceux qui pensent" ou encore "Ceux capables d'abstraction", selon la manière dont on traduit l'expression qui apparaît si souvent dans les textes.

Déjà, dans les rapports qui s'échangent entre les experts d'ASIA et de NATO, devenus presque fraternels à travers leur mission commune, le peuple du Permien est appelé "Les Esprits".

"Prenez le temps de lire" leur lance Sven avant de rendre à main au Cybercerveau.

Son image disparait maintenant de l'écran, remplacée par des textes, des dessins. Des diagrammes. quelques articlesLa description d'un animal bipède, d'allure reptilienne, gracile, d'un peu plus d'un mètre de haut peut-être, dont les deux pattes avant portent des mains à quatre doigts, opposables deux par deux. Un cou flexible supportant une grosse tête avec des yeux ronds à l'iris fendu verticalement. Une queue massive en balancier.

Des machines, aussi, des espèces de vêtements mécaniques, comme les aides robots utilisés dans les stations orbitales. Et l'alphabet qu'ils ont déjà vu, mais cette fois, assorti d'une traduction. Des colonnes de nombres.

Des articles bien organisés, traitants de sujets divers, décrivants des réalisations techniques, des aspects de l'organisation sociale, des éléments de géographie.

Une chronique retraçant les dernières années du monde des Esprits, avant leur chute.

Des images de bâtiments sur le flanc d'une montagne, élancés vers le ciel.

D'autres de machines volantes, semblables aux soucoupes qui ont peuplé l'inconscient collectif de l'humanité depuis des siècles, mais équipées de rotors et d'hélices.

Une carte de la Pangée, avec des annotations traduites en franglais.
Et son titre, dans le langage des Esprits : "La Terre du Milieu".
Tolkien aurait souri, peut-être…

Lecture

Les quatre coéquipiers se consultent du regard, et Luka déclare, en hochant la tête "Nous avons de la lecture" …

Ils s'installent tous confortablement en face du grand écran de la cabine principale, bouclent le baudrier qui les maintient dans leur siège, et déjà Dan/QR503AV[CyBrain], qui a bien compris leur intention, affiche l'un après l'autre des articles nouvellement décodés de ce que tous appellent maintenant l'Encyclopédie de l'Astéroïde.

Article n° 107F / Les Cerveaux de Carbone

Nota Bene : Ceci est une traduction approximative, qui sera affinée lorsque la compréhension du langage des Esprits se sera améliorée. Les passages entre crochets [...] sont des remarques et des précisions apportées par l'équipe mixte des Linguistes, Cryptanalystes et CyberCerveaux qui se sont attelés à la tâche ardue de traduction et d'interprétation.

Depuis longtemps avant l'Unification, les Esprits connaissaient les objets qui pensent, et qui mémorisent des nombres, des symboles, des images, des odeurs et des sons.

Quand celle qui a pondu les Esprits était encore dans son oeuf dans le grand incubateur *[métaphore évidente pour désigner les ancêtres. Les Esprits, qui n'étaient pas des mammifères, pondaient des oeufs]*, des Esprits plus déliés que les autres ont éclos le mystère du Carbone. Ils ont compris comment croître avec des ᏩᎩᎩ ᏞᎱᏠ *[enzymes ?, bactéries ?]* des morceaux de cerveau d'Esprit, et en faire des Cerveaux de Carbone.

Comment protéger les Cerveaux de Carbone d'autres ᏩᎩᎩ ᏞᎱᏠ, et comment les faire travailler pour les Esprits.

Les progrès ont été très lents, car il fallait respecter la Règle de Poussière *[voir l'article 007M]* et beaucoup d'Esprits voulaient garder les vieux usages.

Les Esprits qui ont créé les Cerveaux de Carbone voulaient qu'ils ne puissent pas baver *[qu'ils ne puissent pas tomber malades, équivalent à ce qu'ils ne puissent pas tomber en panne]*, et ne meurent pas de lenteur *[Pour les Esprits dont la température corporelle est mal régulée, avoir froid implique devenir lent, et dans leur langage, froideur et lenteur sont équivalents]*.

Mais malgré ces obstacles, les plus brillants parmi les Esprits *[littéralement "les Esprits qui sont comme le Soleil"]* ont réussi à imposer les Cerveaux de Carbone partout, dans toutes les activités.

Avant même le temps de l'Unification, toutes les Machines Volantes étaient habitées par un Cerveau de Carbone, qu'il s'agisse de Machines Seules ou qu'elles transportent des Esprits.

Lorsque les Machines au Loin sont apparues en l'an 167 de l'Unification *[L'an 167 en base 8, utilisée par les Esprit, et qui correspond à l'an 119 dans notre notation décimale]*, elles ont été rendues possibles par les Cerveaux de Carbone qui ont aidé les cerveaux des Esprits.

Les cités des Esprits sont maintenant habitées par un nombre de Cerveaux de Carbone plus important que le nombre d'Esprits.

Chaque jour, les Esprits laissent mourir *[ou "font mourir". Le terme des Esprits est ambigu]* des cerveaux de Carbone et les ᏩᎩᎩ Ꭵ⅂Ꮎꙩ les dévorent. Les Esprits en grandissent de nouveaux, plus intelligents.

["Les Esprits en grandissent de nouveaux" laisse entendre que ces cerveaux de carbone pourraient être constitués de protéines et que leur fabrication pourrait être opérée avec l'aide de bactéries réplicatrices.

Le texte laisse supposer que les Cerveaux de Carbone, ordinateurs basés sur les molécules organiques et conçus par génie génétique, étaient, lorsque les Esprits les considéraient comme dépassés, simplement dégradés par des bactéries créées à cet effet.

Les Cerveaux de Carbone n'étaient manifestement pas conçus à partir de semi-conducteurs comme le Silicium de nos vieilles machines, mais ressemblaient plutôt, en beaucoup plus sophistiqué, aux CyberCerveaux organiques qui commencent à se démocratiser aujourd'hui.]

Bee, Luka, Foy et Ugo prennent peu à peu conscience du travail considérable qu'ont accompli les CyberCerveaux là-bas sur Terre, pour extraire d'une suite apparemment inintelligible de données binaires les documents qu'ils sont maintenant en train de lire.

Un nouvel article apparait sur l'écran :

Article n° 813A / Les Machines Volantes

Nota Bene : Ceci est une traduction approximative, qui sera affinée lorsque la compréhension du langage des Esprits se sera améliorée. Les passages entre crochets [...] sont des remarques et des précisions apportées par l'équipe mixte des Linguistes, Cryptanalystes et CyberCerveaux qui se sont attelés à la tâche ardue de traduction et d'interprétation.

Les Esprits ont construit des Machines Volantes depuis le Temps de la Conquête.

[Le "Temps de la Conquête" est cité dans de nombreux articles de l'Encyclopédie de l'Astéroïde. Il fait référence à une époque reculée, non déterminée, qui semble être celle où les Esprits ont commencé à occuper toute la Pangée]

Selon les légendes de ᏩᏩᎣᏦ÷ᎠᎤ ᛏᎩᏞᎷᛘᏰᏫᏩ les Machines Volantes ont été inventées par les gens de ÷÷ᛁᛊᎢᏩ *[Localité non déterminée]* qui les ont d'abord conçues pour transporter des Esprits au-dessus de la Terre du Milieu et de l'Océan Autour, d'une cité vers une autre.

[Les légendes de ᏩᏩᎣᏦ÷ᎠᎤ ᛏᎩᏞᎷᛘᏰᏫᏩ sont un très important ensemble de textes hétéroclites dont la date de création/rédaction est inconnue, mais qui semblent prendre leur origine dans l'histoire ancienne des Esprits. Leur contenu, parfois très énigmatique, pourrait être un mélange de faits historiques, de mythes, de préceptes et de pensées philosophiques. Leur traduction, très ardue, n'est que très partiellement entamée, et comporte de grandes incertitudes quant au sens réel ou métaphorique du texte.]

Les Machines Volantes s'élèvent en brassant l'air avec des ailes en cercle *[un rotor d'hélicoptère ?]*, mues par la dilatation de l'air chauffé par un feu à énergie ᛏᏒᛒᎠᎠᛏᎢᛁᛊ.
[Il semblerait que les machines volantes décrites ici soient sustentées et propulsées par une sorte de rotor d'hélicoptère mu par une turbine, fonctionnant avec de l'air chauffé par un réacteur à fusion extrêmement compact, utilisant du Deutérium (un "feu à énergie ᛏᏒᛒᎠᎠᛏᎢᛁᛊ")]

Les Machines Volantes peuvent transporter de nombreux Esprits et des matériaux, jusque au-dessus de l'Océan Autour, et par-delà les contrées lentes *[Les zones polaires]* et les montagnes.
Depuis l'an 11 de l'Unification *[L'an 9 en notation décimale]*, le Décret de Sécurité impose que chaque Machine Volante soit assistée d'un Cerveau de Carbone *[Un CyberCerveau]* assurant la communication et la navigation.

[Les experts et les CyberCerveaux n'ont trouvé à ce jour (25 février 2044) aucun article de l'Encyclopédie de l'Astéroïde décrivant ce "Décret de Sécurité"]

Les Machines Volantes sont plus rapides que tous les autres véhicules conçus par les Esprits, et peuvent parcourir la Terre du Milieu en un jour.

[La vitesse estimée est d'environ 800 km/h. On suppose que les Esprits n'avaient pas construit d'appareils supersoniques atmosphériques, et que les vitesses supérieures n'étaient atteintes qu'au-delà de l'atmosphère.]

Plus tard *[Aucune trace de date n'est trouvée à ce jour dans le texte]* les Esprits ont conçu des Machines Volantes sans passagers, les Machines Seules *[Des espèces de drones]*, dont le pilotage était confié à un Cerveau de Carbone autonome.

Les Machines Seules sont beaucoup utilisées pour étudier et surveiller la Mer de Lave et les autres phénomènes volcaniques et sismiques qui menacent les Esprits, depuis aussi loin dans le passé qu'ils savent s'en souvenir.

[La Mer de Lave désigne ce que nous appelons les Trapps de Sibérie, le colossal épanchement de matières volcaniques remontant en panache des profondeurs du manteau terrestre et qui a été très probablement la cause majeure de la Grande Extinction du Permien.]

Article n° 813B / Les Machines au Loin

Nota Bene : Ceci est une traduction approximative, qui sera affinée lorsque la compréhension du langage des Esprits se sera améliorée. Les passages entre crochets [...] sont des remarques et des précisions apportées par l'équipe mixte des Linguistes,

Cryptanalystes et CyberCerveaux qui se sont attelés à la tâche ardue de traduction et d'interprétation.

[Les Machines au Loin correspondent à nos satellites artificiels et à nos engins spatiaux en général.]

Les premières Machines au Loin ont été conçues à partir de l'an 167 de l'Unification *[L'an 119 en notation décimale].*
Elles portent au-delà de l'atmosphère la pensée et la puissance des Esprits. Elles sont lancées par des Machines qui Poussent *[Des fusées ?]* qui utilisent l'énergie ⟙⊙�878Λ+ᒧ⊃ Є pour leur propulsion.

[l'énergie ⟙⊙ᑭᗅΛ+ᒧ⊃Є fait référence probablement à des réacteurs à fusion extrêmement compacts pouvant être embarqués dans des engins, et utilisant du Deutérium]

Lorsque la Machine au Loin est hors de la main de la Terre du Milieu *[libérée de l'attraction terrestre]*, elle utilise sa propre énergie ⟙⊙ᑭᗅΛ+ᒧ⊃Є pour ajuster sa trajectoire.
Les Machines au Loin portent toutes un Cerveau de Carbone [Un CyberCerveau évolué. Voir l'article n° 107F de l'Encyclopédie de l'Astéroïde.] qui décide de leur destinée et communique avec les Esprits.
A partir de l'an 206 de l'Unification [L'an 134 en notation décimale], les Machines au Loin se sont diversifiées en plusieurs types :
- Les Machines Moins Loin [satellites en orbites basses] qui tournent vite dans le ciel, assurent les échanges entre les Communicateurs personnels et lisent sur le sol l'état de la Mer de Lave.
- Les Machines Plus Loin [satellites géostationnaires] qui ne tournent pas par rapport au sol, et permettent aux cités des Esprits

de se voir et de se parler, et aux Cerveaux de Carbone de ne faire qu'un sur toute la Terre du Milieu et l'Océan Autour.
[Il est fait référence ici à la mise en place d'un réseau, au niveau planétaire, des CyberCerveaux des Esprits, qui pouvaient ainsi interagir comme s'il s'agissait d'une entité unique]

- Les Machines Très Loin permettent aux Esprits de connaître les autres mondes autour du Soleil, et d'y rechercher un refuge lorsque la Mer de Lave aura tué la Terre du Milieu et l'Océan Autour.

Les Esprits des laboratoires de ⨳ᗷᏆᎥᏐᎢ, de ᎫкᏞᎬ, de ᎙᎙ᏯᏱ, de ᎫкᏞᎬ [… suit une longue liste de localités que nos experts n'ont pas pu identifier] ont conçu des machines d'exploration destinées au mondes lointains :
La Planète Rouge qui tourne au-delà de la Terre [la planète Mars, évidemment] ainsi que la deuxième, la troisième et la quatrième qui tournent autour de la Grande Gazeuse.

[L'article fait manifestement référence aux 2ème, 3ème et 4ème gros satellites de Jupiter, c'est-à-dire Europe, Ganymède et … Callisto, but initial de la mission qui a découvert l'Anomalie 2043KP33 !]
[On comprend dans cet article court, mais majeur de l'Encyclopédie de l'Astéroïde, que les Esprits avaient envisagé des voyages interplanétaires, en vue de coloniser d'autres mondes en remplacement de la planète Terre devenue inhospitalière lors de la Grande Extinction du Permien.]

[Il ne semble pas, bien que ce ne soit pas formellement établi, compte tenu des informations de l'Encyclopédie de l'Astéroïde décodées à ce jour (29 février 2044) que les Esprits aient pu, avant de disparaître, effectuer réellement des vols habités. Il est *davantage probable que tous leurs engins spatiaux n'étaient pilotés que par leurs CyberCerveaux.]*

Depuis l'an 535 de l'Unification [L'an 343 en notation décimale], la finalité des Machines Très Loin a changé. La dégradation accélérée de la situation de la Terre du Milieu, et la destruction des cités des Esprits les ont poussés à rechercher désespérément d'autres lieux et à y être transportés par les Machines Très Loin.

Les contraintes techniques qu'imposent ces projets impliquaient un viol de la Règle de Poussière et a abouti à une crise grave, menant à une scission de la société des Esprits.

Les Conservateurs refusaient d'enfreindre la Règle de Poussière, même au prix de leur propre disparition.

La faction rebelle des Déviants fit sécession et envisagea d'embarquer dans des Machines Très Loin inaltérables, à destination de nouveaux mondes.

[La Règle de Poussière était une règle morale extrêmement forte, un tabou de la société des Esprits, qui avait pris ses racines dans le contexte de l'éternelle menace écologique que la Grande Extinction du Permien faisait planer sur leur civilisation.

Le lecteur se rapportera utilement à l'article détaillé n° 007M de l'Encyclopédie de l'Astéroïde, qui concerne la Règle de Poussière.]

[Les Déviants (ꙄGꙄꟻEGꙅꙮ) sont un groupe d'Esprits qui se sont rebellés contre la Règle de Poussière, et ont décidé de tout entreprendre pour survivre au cataclysme écologique que nous appelons la Grande Extinction du Permien. Le lecteur se reportera à l'article spécifique n° 036K traitant des Déviants]

Les Déviants se mirent alors, dans les laboratoires et les usines de la cité de ꟻꙅꙅꙮ+ *[Située sur la côte sud-ouest de la Terre du*

Milieu], à concevoir et fabriquer des Machines qui Poussent et des Machines au Loin capables de leur faire quitter la planète.

Mais la destruction s'abattit sur la Terre du Milieu et les ressources s'amenuisèrent rapidement *[Littéralement "le monde eu soif"]*.

Les Déviants décidèrent alors de lancer des Machines Très Loin appelées ++E⌐⊅G OↃⵙ *[Les "Témoins"]*, au nombre de 100 *[64 en décimal]*, sur des orbites situées entre celle de la Planète Rouge et celle de la Grande Gazeuse, et suffisamment stables pour qu'elles y restent pendant au moins 10000 années *[4096 ans en décimal]*.

[les Témoins : le lecteur se référera à l'article n° 663P de l'Encyclopédie de l'Astéroïde, qui concerne les Témoins.]

[Le lecteur pourra s'étonner de ce qu'aucun des satellites artificiels placés en orbite autour de la Terre par les Esprits il y a 252 millions d'années n'ait pu perdurer jusqu'à ce jour. En l'absence de dispositifs de correction de position, tous les satellites s'écartent progressivement, sous les effets perturbateurs conjugués de la Lune et des autres corps célestes, des orbites qui leurs ont été assignées lors de leur mise en place. En quelques siècles seulement ils se trouvent sur des trajectoires qui les amènent à s'écraser sur la Terre, ou à être éjectés hors du système Terre-Lune. Au bout de 252 Millions d'années, il n'en reste rien.]

Bee reste les yeux rivés sur l'écran. Ugo s'est placé derrière elle, ses longues mains nerveuses sur ses épaules, ses chaussures à semelles Velcro accrochées à la bande de velours qui court sur le sol de la cabine. A côté d'eux, comme par un effet de miroir, comme par mimétisme, Foy et Luka sont mis dans la même position. Mais tous quatre sont totalement inconscient de l'étrangeté de leur posture, et leur regard dévore les lignes de texte qui s'affichent devant eux.

Article n° 035E / Raison

Nota Bene : Ceci est une traduction approximative, qui sera affinée lorsque la compréhension du langage des Esprits se sera améliorée. Les passages entre crochets [...] sont des remarques et des précisions apportées par l'équipe mixte des Linguistes, Cryptanalystes et CyberCerveaux qui se sont attelés à la tâche ardue de traduction et d'interprétation.

Les Esprits sont en lutte contre les éléments qui menacent leurs cités, leurs ⊥I∙ƆⅭᒋ *[Usines ? Entrepôts ?]* et la Terre du Milieu qui est leur demeure *[Littéralement : "la coquille de leur oeuf"]*. *[Cette phrase de préambule apparaît dans un nombre important d'articles de l'Encyclopédie de l'Astéroïde.]*

Pour les aider, ᒣᒣᘒ↑O *[Raison]* préside à leur vie et leur montre le chemin.
ᒣᒣᘒ↑O est le bien. *[Traduction sujette à débats...]*

C'est ᒣᒣᘒ↑O qui depuis toujours et pour toujours, a rendu les Esprits différents de ceux qui rampent et courent, des habitants de l'Océan Autour et des bêtes articulées.
C'est ᒣᒣᘒ↑O qui a élevé les Esprits plus hauts que les êtres anciens dont ils sont les oeufs des oeufs *[les descendants]*, qui couraient et dont les mains étaient habiles, mais qui n'étaient pas des Esprits.
C'est ᒣᒣᘒ↑O qui guide les Esprits, qui leur inspire les meilleurs choix.
C'est ᒣᒣᘒ↑O qui a permis aux Esprits de créer les machines et les Cerveaux de Carbone, et toutes les choses que les bêtes ne font pas.

C'est ⅂⅂ᴗᵀO qui …

[Suit une très longue litanie qui énumère les bienfaits de Raison, qui a élevé les Esprits au-dessus des animaux et leur a donné accès aux mathématiques, aux sciences et aux technologies. Certains passages ne sont pas élucidés. Ils pourraient concerner la philosophie, mais les références croisées qui pourraient confirmer cette hypothèse font défaut.]

Les mathématiciens *[ⱵᴅOᴅᴦ ꓤᴦ⅂ᴅ : littéralement "Ceux des nombres et des formes"]* vénèrent ⅂⅂ᴗᵀO *[Raison]*, c'est elle qui les mène vers la vérité, et cette vérité est une pour tous les Esprits, quelle que soit la Cité qu'ils habitent.
[Il s'agit là évidemment de l'affirmation de l'universalité des mathématiques.]

⅂⅂ᴗᵀO préside à toutes les actions des Esprits, et il est invoqué dès qu'un choix doit être fait, une option prise, un risque évalué.
⅂⅂ᴗᵀO parle aux Esprits en deux langages.
[Le paragraphe suivant ne fait pas l'unanimité dans l'équipe de linguistes et d'analystes qui a étudié le texte des Esprits. Nous livrons là l'interprétation qui rassemble le plus grand nombre de suffrages.]

Le premier langage est celui des signes qui expriment les loi de ⅂⅂ᴗᵀO et sont utilisés par les Esprits lorsqu'ils doivent prendre des décisions, faire des choix, comprendre les choses, extrapoler *[littéralement "regarder vers le ciel"]*, et prédire le futur *[littéralement "savoir ce que le monde va pondre"]*.

Le second langage est celui qui parle de l'intérieur et ne fait pas de signe, et qui dit aux Esprits ce qui est le mieux.
[le premier langage serait celui de la logique formelle et des mathématiques, qui peut faire l'objet d'une notation.

Le second correspond peut-être à ce que nous appelons "le bon sens", qui n'est pas formel et reste personnel]

ꓰꓱᏬᎢO est fort, mais les Esprits ne savent pas toujours l'écouter. Lorsque la nature *[littéralement "les choses hors des Esprits"]* parle, ce sont souvent les Mauvais, ⊙ᐱ⊙ᏬᎢ÷ *[Chaos]*, ꓰᎢᒪO÷⊙ *[Paradoxe]* et ᐱᏬᐱꓘ *[Hasard]* qui parlent avec elle.

[les paragraphes qui suivent donnent une définition de ces trois notions, qui pour les Esprits sont claires et distinctes, et représentent toutes trois des valeurs antagonistes de Raison.]

⊙ᐱ⊙ᏬᎢ÷ *[Chaos]* sait où il va, et pas à pas il obéit à ꓰꓱᏬᎢO *[Raison]*, mais au bout de son chemin il le trahit et Raison ne sait plus, en contemplant le chemin parcouru, connaître comment les choix de Chaos se sont décidés. Les Esprits observent Chaos partout dans la nature *["dans les choses hors des Esprits"]*, dans la fumée des incendies allumés par la Mer de Lave, dans les vagues de l'Océan Autour, dans les nuages du ciel. Partout Raison commande, et ses lois sont immuables et simples, mais Chaos le trahit.

[Les mathématiciens et les physiciens reconnaissent ici une description métaphorique des phénomènes chaotiques, au sens mathématique et physique du terme, dont les lois sont parfaitement déterministes ("Chaos obéit à Raison") et parfois très simples, mais dont le comportement à long terme diverge et finit par échapper à toute analyse autre que globale et statistique. Les Esprits ont bien compris que ces mécanismes chaotiques sont à l'oeuvre dans de nombreux phénomènes naturels, comme la diffusion des fumées et les événements météorologiques.]

ꓰᎢᒪO÷⊙ *[Paradoxe],* est vicieux comme un ᖴᕼꛉ OL *[Certains recoupements avec d'autres passages de l'Encyclopédie de l'Astéroïde suggèrent que le terme " ᖴᕼꛉ OL" désigne un carnivore semi-aquatique reptilomorphe du genre Chroniosuchidé qui vivaient dans les lieux marécageux du nord de la Pangée].*

Il se déguise en Raison et suit ses préceptes, mais il amène les Esprits à un lieu où Raison n'est plus là.

[Les Esprits font référence là non pas aux raisonnements fallacieux ou autres sophismes, mais bien aux paradoxes et étrangetés en mathématiques et en physique. De nombreux articles de l'Encyclopédie de l'Astéroïde décrivent en détail des paradoxes mathématiques et physiques. On sait, par exemple, que les Esprits avaient connaissance du paradoxe d'Arrow (voir sur Wikicycla: fr/wikicycla.org/paradoxe_d_Arrow), du paradoxe EPR (voir sur Wikicycla: fr/wikicycla.org/paradoxe_EPR) ou encore de celui du "Chat de Schrödinger" (voir sur Wikicycla: fr/ wikicycla.org/Chat _de _Schroedinger)].

Λᴗ̇ΛƎI *[Hasard]* revêt deux formes.

Dans la première il n'est que l'impuissance des Esprits à écouter ·ᒣ·ᒣᴗ̇↑O *[Raison]* et à tirer de ses enseignements les connaissances qui les guident dans la bonne direction, car le monde est complexe. *[littéralement "les choses hors des Esprits sont entrelacées comme les rameaux des algues de l'Océan Autour"].*

Dans la seconde, Hasard est l'inconnu absolu des petites choses dont on ne peut rien prédire.

[La "première forme" de Hasard semble concerner l'incapacité à prédire les résultats d'une expérience parfaitement déterministe, comme un lancé de dés, faute d'une connaissance complète et suffisante des paramètres et des lois trop complexes qui régissent cette expérience.

La "seconde forme" est une allusion évidente au Principe d'Incertitude énoncé en 1927 par le physicien Werner

Heisenberg, qui concerne l'impossibilité fondamentale de connaître simultanément par exemple la position et la vitesse d'une particule, au niveau quantique (voir sur Wikicycla: fr/ wikicycla.org/principe_d_incertitude)].

[Note générale de la Commission n°32 des Traducteurs-Cryptanalystes : Tout ce qui précède est véritablement la description d'un Panthéon composé de quatre "dieux" dont l'un, Raison, revêt des valeurs fortement positives tandis que les trois autres, Chaos, Paradoxe et Hasard, sont véritablement des "démons" malfaisants.

Certains experts n'ont pas manqué de faire le rapprochement entre la "religion" des Esprits, centrée sur Raison, et au premier abord monothéiste, et les religions monothéistes des humains qui, depuis la Guerre Globale (voir sur Wikicycla : fr/wikicycla.org/ guerre_globale) ont régressé jusqu'à presque disparaître : l'Islam, le Judaïsme, le Christianisme, et leurs nombreux avatars. Dans les deux cas, il s'agit en fait d'un polythéisme masqué, puisque le "Dieu Unique" est accompagné d'un cortège de divinités annoncées comme secondaires, mais qui n'en sont pas moins immatérielles, éternelles, bienfaisantes ou malfaisantes, selon le cas : Anges, Archanges, Djinns, Saints, Vierge Marie, Démons, etc… Il n'y a en fait aucune différence de nature, ici, entre ces religions et celles de la Grèce antique, des anciens Celtes, des Sumériens, des Egyptiens ou des Incas.

Dans le cas des Esprits, ces divinités secondaires sont toutes trois à connotation fortement négatives et sont des entraves à la Raison, au sens de "Moyen de rationaliser les choses et les idées en vue de pouvoir les comprendre et les prévoir"]

[Certains analystes ont rapproché le culte de ꓶꓶꭒꓕꓳ des Esprits du Culte de la Raison instauré brièvement en France sous la Révolution en 1793, sous l'impulsion du mouvement des

Hébertistes. Ce point de vue ne rassemble pas tous les suffrages car les différences entre les deux conceptions de la Raison sont notables. Toute d'abord le culte que les révolutionnaires français ont tenté de promouvoir a été proposé comme substitut et réaction au christianisme, que les plus extrémistes tentaient d'éradiquer, alors que pour les Esprits il s'agissait bien, comme le montrent abondamment les textes décodés de l'Encyclopédie de l'Astéroïde, d'une vraie religion prenant ses racines dans un passé lointain. Par ailleurs, pour les révolutionnaires français du XVIIIème siècle, le nouveau culte était un prétexte pour remplacer les fastes et les rituels chrétiens par de nouvelles manifestations toutes aussi fastueuses, comme en témoignent les observateurs de l'époque (par exemple fête de la liberté dans l'église Notre-Dame de Paris, avec une mise en scène impressionnante).

Par opposition, dans le cas des Esprits, ⊓⊐ᴖ⥀Ο (Raison) était invoquée constamment, mais ne faisait l'objet d'aucun rite, aucun monument, aucune cérémonie, aucune représentation allégorique. On ne trouve, dans l'ensemble des textes de l'Encyclopédie de l'Astéroïde décodés à ce jour, aucune mention à un quelconque lieu de culte, ni a aucune fête spécifique.]

Article n° 007M / La Règle de Poussière

Nota Bene : Ceci est une traduction approximative, qui sera affinée lorsque la compréhension du langage des Esprits se sera améliorée. Les passages entre crochets [...] sont des remarques et des précisions apportées par l'équipe mixte des Linguistes, Cryptanalystes et CyberCerveaux qui se sont attelés à la tâche ardue de traduction et d'interprétation.

[Avertissement : la traduction de cet article de l'Encyclopédie de l'Astéroïde s'est avérée très complexe, voire hasardeuse, comme celle de tous les articles touchant à des concepts philosophiques, métaphysiques, ou religieux. En effet, les analyses sémantiques

de tout le corpus de données fourni par l'Anomalie 2043KP33 permettent difficilement de dégager avec certitude la signification d'idées abstraites, et est, bien plus que pour des données techniques ou scientifiques, exposé à un biais anthropocentrique.]

Les Esprits, depuis qu'ils sont des Esprits, vivent et tombent *[meurent]* sur la Terre du Milieu. Depuis qu'ils sont des Esprits, depuis qu'ils écrivent avec des signes ce qui fait leur vie, les Esprits voient décroître les plantes et ceux qui rampent et courent, les habitants de l'Océan Autour et les bêtes articulées *[les insectes ? Les crustacés ?]*. Depuis qu'ils sont des Esprits, depuis qu'ils écrivent avec des signes ce qui fait leur vie, les Esprits voient les cités crouler et la Mer de Lave manger les armées de ⅂Γ+Ʋ+ *[les forêts de ginkgos ?]*, et du ciel tomber des ᚺᚺG ꞨΓ÷ *[Intraduisible]* .

Leurs ressources sont pauvres et la Terre du Milieu bave *[= est malade]* .

[Ici s'intercale un passage de 387 signes qui s'est avéré intraduisible].

Les Esprits ont perdu les êtres anciens dont ils sont les oeufs des oeufs *[les descendants]*, qui couraient et dont les mains étaient habiles, mais qui n'étaient pas des Esprits.

Les Esprits sont leurs oeufs mais ils sont plus qu'eux, car Raison a fait se dérouler leur pensée comme la fronde d'une fougère.

[Voir l'article n° 035E]

[Ce passage semble faire allusion au fait que les Esprits ont toujours observé une dégradation progressive de l'écosystème de la Pangée. Ils savent qu'ils sont issus d'autres espèces bipèdes, dont les membres supérieurs sont préhensiles... et habiles. Probablement connaissent-ils leurs précurseurs en détails, mais ce point n'est pas développé dans cet article, dont ce n'est pas le

114

sujet. L'émergence de l'intelligence est suggérée par la métaphore de la fronde de fougère. Nous humains aurions probablement évoqué l'épanouissement d'une fleur, mais elles n'existaient pas encore au Permien, dans la forme que nous leur connaissons.]

Leurs ressources sont pauvres et la Terre du Milieu bave. *["est malade". Cette formule est répétée plusieurs fois dans cet article]*.

Les Esprits ont vécu parce qu'ils ont épargné la Terre du Milieu. Parce qu'ils n'ont, depuis qu'ils sont des Esprits, et parce qu'ils sont des Esprits, mangé que lorsqu'ils avaient faim, bu que lorsqu'ils avaient soif, pondu que lorsqu'un des leurs est tombé.

Ils ont vécu parce leurs citées abandonnées sont retournées à la poussière, parce que leurs Cerveaux de Carbones inutilisés sont retournés à la poussière, parce que ceux des leurs qui sont tombés sont retournés à la poussière.

[Ici s'intercale un passage de 2353 signes qui s'est avéré intraduisible].

Les Esprits ont cultivé les ⲄⲨⲨ ⲨⲨⲦⲰ *[enzymes ?, bactéries ?]* qui font retourner à la poussière. Leurs Cerveaux de Carbones les ont inventés.

Les ⲄⲨⲨ ⲨⲨⲦⲰ dévorent les outils qui ne bougent plus, les cités qui ne respirent plus, les Esprits qui sont tombés. Ils retournent à la poussière.

[L'expression "retourner à la poussière" semble être une image pour désigner une biodégradation pré-programmée]

Lorsqu'un outil de métal est indispensable, le faiseur de cet outil doit en détruire un autre pour lui prendre sa substance. Il ne peut prendre le métal de la Terre du Milieu, ni celui de l'Océan Autour.

Lorsqu'un outil de Carbone est créé, créé avec lui seront les ᏀᎩᎩ ᏞᎵᏆ qui le mangeront, pour qu'il puisse retourner à la poussière. C'est Raison qui le veut, et désobéir ne peut mener qu'à ᎶᏞᎶᎫᏙ÷ [Chaos].
[Se référer à l'article n° 035E, traitant de la Raison]

Sinon, la Terre du Milieu sera étouffée par les ᏀᎬᏰ÷ᏗᎵᎵ des Esprits *[les ordures, les détritus?]*, qui submergeront les armées de ᎵᎰᏔᏰᏔ encore vertes.
Telle est la Règle de Poussière, et les Esprits s'y sont tenus jusqu'à la désobéissance des Déviants *[voir l'article n°036K]*.

[L'interprétation de ce texte s'apparente à une exégèse, car de larges portions en sont inintelligibles, et les points de vue des linguistes et des philologues diffèrent. Toutefois, selon la thèse la plus couramment adoptée, et qui est étayée par le rapprochement et la comparaison avec d'autres articles de l'Encyclopédie de l'Astéroïde, la Règle de Poussière aurait été un principe, poussé à l'extrême et érigé en règle morale, issu d'une perspective "écologique", au sens qu'on donnait à ce terme à la fin du siècle dernier et au début de ce siècle.
Selon cette théorie, la Règle de Poussière aurait dicté que l'impact environnemental de l'activité des Esprits, qui vivaient depuis leurs origines dans un monde qui se dégrade inexorablement, devait rester minimal, sinon nul.
En conséquence tout, absolument tout devait être recyclé, et les métaux récupérés.
Il est probable aussi que l'essentiel des objets manufacturés (et peut-être aussi les bâtiments) était composé de macromolécules à base de carbone, dont la structure, à l'échelle nanométrique, leur assurait des propriétés mécaniques, thermiques, chimiques remarquables. (que l'on peut rapprocher de nos

nanotechnologies, qui s'épanouissent depuis le début des années 2020).

Les Esprits avaient obligation, lors de la création de nouveaux matériaux, de créer simultanément les agents qui permettaient leur biodégradation, les "ᎬᎩᎩ ᏸꞤⵙ", et de les incorporer au nouveau matériau. Lorsque les objets manufacturés n'étaient plus utilisés, les "ᎬᎩᎩ ᏸꞤⵙ", activés par un stimulus extérieur (Une durée inerte prolongée ? une température ? un agent naturel comme une bactérie courante ? Un déclenchement volontaire par un Esprit ?) rentraient en action, et l'objet "retournait à la poussière".

Cette "obsolescence programmée" (une expression en vogue au début du siècle), loin de contribuer à l'accumulation des déchets, en réduisait au contraire le volume, et l'"'empreinte" écologique des Esprits sur leur environnement.

Après 252 millions d'années d'érosion et de transformations géologiques, la probabilité de retrouver des traces directes des Esprits est infime. Mais cet aspect de leur comportement, ce contrôle strict de l'impact environnemental de leur civilisation réduit encore, bien évidemment, l'espoir de pouvoir un jour trouver des vestiges archéologiques des Esprits.]

En l'an 514 de l'Unification *[L'an 332 en notation décimale]* certains des Esprits ont réclamé avec force l'abrogation de la Règle de Poussière, que nous tenions de ceux qui ont pondu ceux qui nous ont pondus *[nos ancêtres]*. Ils proposaient d'envoyer vers la Planète Rouge et celles qui tournent autour de la Grande Gazeuse *[respectivement Mars, et les grands satellites de Jupiter : Io, Europe, Ganymède et Callisto]* des Machines très Loin qui ne devaient pas revenir, et donc ne retourneraient jamais à la poussière, ce qui est blasphème. *[Les Machines très Loin: voir article n°813B]*

Les Esprits qui exigeaient cela voulaient que ces Machines très Loin transportent des Esprits pour qu'ils habitent de nouvelles Terres du Milieu, dans d'autres mondes. Ils ne pouvaient pas apporter la preuve que ces Esprits retourneraient à la poussière un jour. Blasphème. L'assemblée des Esprits réunis rejeta les Déviants. *[voir l'article n°036K]*.

Ultimatum

L'équipage d'Erendiz achève de lire sur le grand écran et sur les petits écrans secondaires quelques-uns des articles de l'Encyclopédie de l'Astéroïde qui viennent d'être décryptés, et que Sven vient de leur transmettre.

Tout un monde, découvert peu à peu par l'équipe de traducteurs, de cryptologues et d'experts disséminés dans les bureaux et les laboratoires de la Terre, se révèle d'un coup à Foy, Luka, Ugo et Bee. Le choc est considérable. L'émotion intense.

Après une vingtaine de minutes, suffisamment pour que les premières réactions de l'équipage d'Erendiz aient eu le temps de se propager jusqu'à Lagrange 4, et la réponse du superviseur de leur parvenir en retour, l'image de Sven/3LGY789[Superviseur] réapparait sur, ou plutôt devant le grand écran, plus réaliste que jamais.

"Bee/A96H70C, Luka/3KY5221, Foy/Z2W42UP, Ugo/MUZ1P45, vous avez eu le temps de prendre connaissance de ce que nous voulons vous révéler sur le contenu des signaux émis par l'Anomalie Majeure qui est captive dans le sas de votre vaisseau. Peu à peu, grâce au travail des nombreux CyberCerveaux assistés de nos meilleurs experts, nous en apprenons davantage, en progressant dans la lecture des données stockées ici, sur Terre et dans les stations orbitales. Le reste, tout le reste, c'est vous qui le détenez encore.

Vous avez gardé une grande partie de ce que l'astéroïde 2043KP33 vous a livré, sans nous le communiquer, pour garantir votre sécurité et écarter la possibilité que le centre de contrôle, ici sur Lagrange 4, ne soit tenté de prendre la décision de sacrifier la mission Erendiz.

Ce que nous apprenons en décodant l'Encyclopédie de l'Astéroïde est crucial pour la science, et probablement pour toute notre civilisation.

Vous, vous détenez encore la clé de grands pans de savoir dont nous devons prendre connaissance.

Lorsque nous serons venus à bout de toutes les données que nous avons dans les mémoires de nos CyberCerveaux, vous et nous seront confrontés à un choix : soit vous conservez les informations que vous ne nous avez pas transmises, et attendez votre retour sur Terre. Soit vous nous transmettez dès maintenant ce que vous avez gardé depuis quelques temps sans notre autorisation."

Foy a déjà compris ce qui allait venir, et les possibles implications. Luka lui jette un regard anxieux. Elle hoche la tête.

Mais Sven/3LGY789[Superviseur] poursuit :
"Dans le premier cas, nous devrons interrompre notre travail de décryptage et de traduction, et attendre jusqu'en mars 2044, lorsque votre vaisseau accostera la station orbitale Lagrange 4. Vous aurez alors à répondre de votre désobéissance, dont les conséquences sont considérables, car non seulement nous aurons perdu de longs mois, mais nous risquons également des complications diplomatiques car ASIA et UNAFRI nous soupçonnerons d'avoir reçu la suite des données mais d'avoir choisi de ne pas la leur transmettre, en violation flagrante du Free Information Act."

Bee, Luka, Ugo et Foy se regardent, et ne peuvent s'abstenir de faire des commentaires. Ils ne sont pas insensibles aux menaces cachées dans le discours de Sven.

"Dans le second cas, la mission Erendiz nous transmet tout ce que vous avez stocké, et s'engage à continuer les envois de données aussi longtemps que 2043KP33 en fournira. Votre indiscipline et votre désobéissance seront mis sur le compte de votre isolement et de la difficulté de coordination du vaisseau avec sa base, dus à la distance qui nous sépare, et à la pauvreté des dialogues que provoque le retard de transmission.

Notre très vif intérêt pour tout ce que l'Anomalie peut encore nous livrer doit vous rassurer sur le fait que nous n'avons aucun intérêt à avorter votre mission et à sacrifier son équipage. D'ailleurs, nous avons également besoin du cône pour l'analyser et comprendre sa structure et identifier son matériau, qui restent totalement mystérieux pour nous".

Tandis qu'une nouvelle fois l'image 3D du superviseur disparait, un texte d'allure officielle, avec l'en-tête du Conseil des Nations, se déroule sur l'écran.

Il s'agit d'un rapport confidentiel numéroté NC/AAG/431127 classé "Private Data", donc échappant au Free Information Act, et ne pouvant par conséquent être divulgué qu'à un maximum de 64 personnes dans le monde.

Dans le coin en haut à droite, dans l'encart "Private Data Group", s'affiche le nombre 15 : il n'y a que quinze grands décideurs à être dans la confidence. Si ce rapport est communiqué à l'équipage d'Erendiz, il y aura quatre personnes de plus sur la très restreinte liste de diffusion.

Seul le titre du document - 2043KP33 Data Policy - et quelques têtes de chapitre et informations annexes sont visibles. Le reste est masqué par de grands rectangles gris.

L'équipage comprend qu'on leur propose d'accepter d'être dans le cercle très fermé des décideurs et des diplomates qui définissent la politique à suivre quant au traitement des informations que l'astéroïde fournit.

S'ils le font, ils auront la garantie de connaître le sort réservé à leur mission, mais aussi partageront la responsabilité des décisions, prises au niveau mondial, concernant l'Anomalie.

Le tour de table est bref, et se résume à des hochements de tête, puis des poignées de main. Ils se sentent tous quatre honorés de la confiance qui leur est accordée, et soulagés de voir s'écarter la sourde menace d'être manipulés.

Mais dans un deuxième temps, ils se rendent compte que c'est après tout le seul moyen que le Comité a pu trouver pour les faire coopérer.

Le délai entre le début du décryptage du l'Encyclopédie de l'Astéroïde et l'annonce que leur a fait le superviseur s'explique maintenant par les négociations qu'il a dû mener pour obtenir de les mettre dans la confidence des experts du Conseil des Nations.

Bee, en sa qualité de Capitaine, s'adresse au CyberCerveau, pour qu'il transmette leur décision à Sven/3LGY789[Superviseur] :

"Authentification de niveau 3 exigée. Si l'authentification est positive, l'équipage d'Erendiz accepte de figurer au Private Data Group du rapport NC/AAG/431127 du Conseil des Nations".

Le CyberCerveau Dan/QR503AV[CyBrain] répond immédiatement que l'authentification de niveau 3 vient d'être demandée. Les échanges de cryptogrammes et de mots de passe sont amorcés, mais un délai de quatre fois dix minutes est imposé par la durée de transmission avant que le texte complet ne soit disponible sur l'écran de la grande cabine de pilotage du vaisseau.

L'ambiance se détend tout de suite dans la grande cabine du vaisseau. Bee, Foy, Luka et Ugo savent qu'ils peuvent se laisser aller à parler librement maintenant, car leurs interlocuteurs sur Lagrange 4 vont déclencher le processus, qui est irréversible, de validation et de divulgation du rapport confidentiel NC/AAG/431127 avant qu'ils ne puissent prendre connaissance de ce qui se dit entre les passagers du vaisseau. Ils sont, en quelque sorte, déjà dans la confidence.

Et dans moins de quarante minutes, ils auront la garantie qu'ils ne peuvent plus être manipulés, puisqu'ils seront, de plein droit, informés presque en temps réel de tout ce qui va se décider au sujet de l'Anomalie et de l'exploitation de ses précieuses données.

Pendant le temps qu'il leur reste avant de pouvoir prendre pleine connaissance du rapport, déjà soulagés, ils se détendent et bavardent. Foy et Bee, qui sont, plus que les deux hommes, très sensibles à l'image qu'elles donnent et qu'elle se donnent, vont, pour la cinquième fois en 48 heures, prendre une douche, ensemble, et se changer.

Cette fois, Ugo et Luka font de même.

C'est ainsi que trois minutes avant l'affichage du document du Conseil des Nations, ils sont tous quatre installés à nouveau devant l'écran. Et c'est avec stupéfaction qu'ils constatent que spontanément, sans s'être concertés, ils se sont tous vêtus de blanc immaculé. Comme si leur subconscient leur avait inspiré des idées de pureté, de candeur, de joie… Foy, que cela interpelle, se promet d'y réfléchir plus tard.

Foy et Bee portent toutes deux des combinaisons moulantes et des bijoux très colorés, des bracelets sur le haut du bras et aux poignets, une large ceinture. Les iris de Bee sont mauves, comme elle l'affectionne, tandis que ceux de Foy, comme à son habitude, sont vert d'eau.

Les deux hommes sont plus sobres, et Luka n'a pas résisté à la coquetterie de montrer le contraste saisissant entre sa peau très noire et le blanc de son short et de son haut à manches courtes, au col largement échancré. Ugo quant à lui porte le pantalon et la veste que ses coéquipiers ont l'habitude de voir.

Ils sont en train de bavarder lorsqu'enfin s'affichent les paragraphes qui étaient masqués moins d'une heure avant.

Ils découvrent la liste des quinze noms prestigieux des membres du Comité.

Ils apprennent que ceux-ci ont décidé de leur faire confiance, et ont été jusqu'à anticiper l'acceptation des membres de l'équipage d'Erendiz de divulguer l'entièreté des informations délivrées par 2043KP33, le mystérieux astéroïde artificiel. Après tout avaient-ils vraiment le choix ? Les psychologues de la Terre ont dû décider que non.

Le rapport leur apprend que tout porte à croire que l'artefact est une espèce de balise, de témoin que l'espèce intelligente qui a vécu sur Terre au Permien, les Esprits, a laissé derrière elle avant de disparaître, comme mémoire de ce qu'ils ont été.

Le Comité et ses experts estiment que compte tenu du niveau technologique extrêmement avancé des Esprits, il est fortement probable que leur psychisme soit lui aussi très évolué. Il ne serait pas invraisemblable, avancent même certains spécialistes, que les Esprits aient pu être mus par une nécessité morale de léguer à d'éventuels lointains successeurs l'essentiel de leur savoir.

Après avoir développé les arguments en faveur des options choisies, le rapport conclut qu'il est essentiel d'acheminer 2043KP33 vers une des grandes stations, soit Lagrange 4, sous la responsabilité de NATO, soit Lagrange 5, sous celle d'ASIA. Les deux grandes stations, éléments stratégiques de l'occupation par l'humanité de l'espace proche, tournent autour de la Terre en 28 jours environ, approximativement sur la même orbite que la Lune, aux points "troyens", respectivement 60° en avance et 60° en retard sur cette dernière.

Bee est rassurée, soulagée d'apprendre que son équipage et elle-même n'ont rien à craindre, et qu'au contraire, la mission Erendiz prend bien plus d'importance encore qu'elle n'en avait avant la rencontre avec l'artefact, alors que le vaisseau se dirigeait vers Jupiter.

Sa responsabilité, en tant que capitaine, devenait pour elle une charge de plus en plus lourde, au fur et à mesure qu'elle s'engageait dans des choix pouvant aller à l'encontre des ordres, implicites ou explicites, reçus de la Terre, et qu'elle décidait de ne pas suivre pour préserver ses compagnons.

Maintenant tout est plus clair, plus serein.

Elle jette un regard amusé à la blancheur de leurs tenues…

Pendant que, abandonnée dans le siège capitonné en face de l'écran, Bee imagine la suite des événements, Ugo, déjà repris par sa fièvre d'activité, lance le transfert des données stockées qui n'avaient pas été communiquées à la Terre.
Il réclame également, en retour, l'intégralité des transcriptions de ce qui a déjà été décodé de l'Encyclopédie de l'Astéroïde.

Et pendant ce temps, 2043KP33 continue à déverser un flot d'informations, presque deux TéraOctets par jour, dans la mémoire électronique de Dan/QR503AV[CyBrain], qui décode en temps réel tout ce qui est facile à interpréter, les images, les tableaux de nombres, et laisse tout le reste aux bons soins de ses homologues terriens.

L'équipage passe de longues heures à lire l'Encyclopédie des Esprit, à tenter d'imaginer ce monde étrange disparu depuis si longtemps, et la vie de cette espèce qui a dominé le monde pendant peut-être des centaines de milliers d'années.
Luka et Foy, assis côte à côte, regardent parfois silencieusement, à travers le hublot du sas, le mystérieux cône noir, baigné de lumière sous les projecteurs.
Sans qu'ils n'en parlent jamais, ils se souviennent alors tous deux avec émotion des heures passées ensemble, il y a si longtemps, lorsqu'enfants, assis sur le petit banc de bois blanchi par le soleil, ils regardaient la mer des Caraïbes. Tout là-bas dans l'espace et dans le temps, au Carbet, sur la côte de ce qui s'appelait alors la Martinique. C'était avant que la vie ne les sépare, avant qu'ils ne se retrouvent fortuitement tous deux, étudiants en astronautique, à l'Université de Toulouse/France/NATO.

Avant qu'il ne deviennent amants.

Encore de la lecture

Article n° 036K / Les Déviants

Nota Bene : Ceci est une traduction approximative, qui sera affinée lorsque la compréhension du langage des Esprits se sera améliorée. Les passages entre crochets [...] sont des remarques et des précisions apportées par l'équipe mixte des Linguistes, Cryptanalystes et CyberCerveaux qui se sont attelés à la tâche ardue de traduction et d'interprétation.

[Il est fait référence dans cet article de l'Encyclopédie de l'Astéroïde à la "Règle de Poussière" qui était de toute évidence une règle morale majeure. Le lecteur est renvoyé à l'article détaillé n° 007M de l'Encyclopédie de l'Astéroïde, qui concerne la Règle de Poussière.]

Les désastres qui s'abattaient sur la Terre du Milieu et l'Océan Autour se sont intensifiés à partir de l'an 512 de l'Unification *[L'an 330 en notation décimale].* Les épanchements de lave au nord se sont encore étendus et ont brûlé des espaces immenses de forêts de conifères et de ⅂ᘓ𐊠÷ᗡƳƳ⅂ᗂ *[intraduisible]* et le ciel est devenu obscur. Des pluies corrosives *[littéralement "qui mangeaient les exosquelettes"]* ont empoisonné tout le nord de l'Océan Autour et les animaux qui nagent ont pourri dans les flots. Le climat est devenu chaotique.

[Attention : dans la langue des Esprits, le mot "chaos" et l'adjectif "chaotique" ont non seulement un sens concret, mais également un sens philosophique, mystique, voire religieux. Le lecteur se reportera utilement à l'article n°035E traitant de la Raison.]

Les Esprits réunis en l'an 514 de l'Unification *[L'an 332 en notation décimale]* à ⅂ᗂ𐊠ƳƳ *[une des principales cités de la*

127

Terre du Milieu, au sud] ont débattu de la situation catastrophique et des mesures à prendre pour y faire face. Ceux parmi les participants qui venaient de la côte ouest et avaient tenté de coloniser l'Océan Autour et d'exploiter les grands fonds se sont avancés pour parler. Ils ont dû abandonner l'Océan Autour, dévasté et plein des cadavres des algues et des bêtes qui nagent, et renoncer à cette nouvelle conquête. Mais ils ne veulent pas renoncer à chercher ailleurs un nouvel espace de vie.

Ils ont clamé que les Esprits devaient quitter la Terre du Milieu, qui est condamnée au Chaos et maudite *[Voir l'article n°035E traitant de la Raison]*. Que les Machines au Loin qui savent partir au-delà de l'atmosphère, et visiter la Planète Rouge *[Mars]* et celles qui tournent autour de la Grande Gazeuse *[les quatre grands satellites "galiléens" de Jupiter]* pour chaque fois revenir, devaient cette fois y emporter des Esprits et n'en plus revenir, afin que ceux-ci y bâtissent une nouvelle Terre du Milieu.

Le trouble a été profond parmi les Esprits réunis à ⅂ꓒＯＹＹ, et le tumulte interminable. Ceux qui avaient osé faire cette proposition ont été traités de "Hasards" *[Une insulte violente, voir l'article n° 035E sur la Raison]* car cette entorse à la Règle de Poussière était un sacrilège.

L'assemblée a immédiatement été dissoute, et les fauteurs de trouble ont été taxés de ꓓꗵꓓꓵＥꓖꓷⱯ *["déviants"]*.

Dans les années qui ont suivi, toutefois, le mouvement rebelle et contestataire s'est consolidé et intensifié, et ceux qui étaient partisans d'un départ sans retour se sont approprié le nom de Déviants.

Leur pouvoir a grandi au fil du temps, avec la continuelle dégradation de la Terre du Milieu, la destruction des cités des Esprits, la mort lente mais inexorable de l'Océan Autour.

Les Déviants se sont organisés et ont proposé des mesures concrètes *[littéralement "des vraies choses"]* qui enfreignaient la

Règle de Poussière, mais pouvaient apporter un espoir, et peut-être même une réelle solution.

Le mouvement, qui ne regroupait au départ qu'une faction d'Esprits frondeurs, s'est accru et vers 530 représentait une véritable force de 30000 Esprits *[12288 membres en décimal. On suppose que le nombre avancé dans l'article par l'auteur Esprit est approximatif].*

En l'an 535 de l'Unification *[L'an 343 en notation décimale]*, les Déviants se mirent, dans les laboratoires et les usines de la cité de ⊦ᚲᚲΛ᚛ *[Sur la côte sud-ouest de la Terre du Milieu]*, à concevoir et fabriquer des Machines qui Poussent et des Machines au Loin capables de leur faire quitter la planète.

[Voir l'article n°813B sur les Machines au Loin]

Mais la destruction des cités et des ⊥ᛁᛸᛞᚢᚱ *[Usines ? Entrepôts ?]* a empêché les Esprits de mener leur projet à bien. *[Littéralement de "sortir leur projet de son oeuf". N'oublions pas que les Esprits pondaient des oeufs].*

Les ressources s'amenuisèrent rapidement *[Littéralement "le monde eu soif"].*

Les Déviants décidèrent alors de lancer des Machines Très Loin appelés ᚛᚛ᛖᚲᚷᚷ ᛜᛏᛜ *[Les "Témoins"]*, au nombre de 100 *[64 en décimal]*, sur des trajectoires qui les maintiendront sensiblement, pour au moins 10000 années *[4096 ans en décimal]*, sur des orbites stables entre celle de la Planète Rouge et celle de la Grande Gazeuse.

[Voir l'article n°663P sur les Témoins]

Le lancement a eu lieu l'an 545 de l'Unification *[l'an 357 en notation décimale]*, malgré l'opposition farouche des Conservateurs et malgré la transgression de la Règle de Poussière, que représentait un tel acte.

Les Témoins portent un résumé des connaissances des Esprits *[Ce que nous avons appelé l'Encyclopédie de l'Astéroïde]*. Ces textes, dont certains sont très simples, d'autres techniques, sont destinés aux Esprits rescapés ou à une autre forme d'intelligence, s'il y en a une.

[Nota bene : Cet article fait état des dates de lancement des Témoins comme s'il avait été rédigé après le lancement. L'article semble avoir été antidaté par l'Esprit qui l'a écrit, car il a nécessairement été composé avant le lancement, puisque les Témoins emportèrent avec eux l'"Encyclopédie de l'Astéroïde".

Une autre hypothèse, avancée par certains analystes, est que ces données relatives au lancement lui-même ont été téléchargées dans les Témoins à distance, après leur mise sur orbite.

Le rédacteur de l'article était probablement un membre du groupe des Déviants, qui a considéré qu'il était indispensable que les Témoins portent dans leur mémoire, comme un article de l'Encyclopédie de l'Astéroïde, des informations sur leur propre identité.]

Article n° 663P / Les Témoins

Nota Bene : Ceci est une traduction approximative, qui sera affinée lorsque la compréhension du langage des Esprits se sera améliorée. Les passages entre crochets [...] sont des remarques et des précisions apportées par l'équipe mixte des Linguistes, Cryptanalystes et CyberCerveaux qui se sont attelés à la tâche ardue de traduction et d'interprétation.

Les Témoins sont de très petites Machines Très Loin *[engins spatiaux]*. Ils ont été conçus par les Déviants, pour emporter dans l'espace une trace de leur civilisation, qui puisse être récupérée par ceux qui survivront au cataclysme écologique qui s'abat sur la Terre du Milieu.
[Le lecteur se reportera à l'article spécifique n° 036K traitant des Déviants]
Les penseurs les plus éminents parmi les Déviants craignent toutefois qu'il puisse ne pas y avoir de survivants. Dans ce cas les témoins pourront être une richesse léguée à d'autres intelligences qui les trouveraient dans le futur.
Les ⨨⨭⧖⧗⨉⧡ ⦶⬗⦶ *[témoins]* sont au nombre de 100 *[64 en décimal]*. Ils ont été envoyés entre le 522ème et le 536ème jour *[respectivement 338ème et 350ème jour en décimal]* de l'an 545 de l'Unification *[l'an 357 en notation décimale]*, sur des orbites elliptiques situées entre celle de la Planète Rouge *[Mars]* et celle de la Grande Gazeuse *[Jupiter]*.
Les concepteurs du projet ont choisi des orbites inclinées *[.. par rapport au plan de l'écliptique, qui est le plan de rotation de la Terre autour su Soleil, et qui est proche de ceux dans lesquels évoluent toutes les grandes planètes]* afin de limiter les perturbations de la trajectoire des Témoins par l'attraction gravitationnelle des planètes.

Ces orbites, d'après les calculs des Cerveaux de Carbone *[des CyberCerveaux]*, resteront sensiblement stables pendant plus de 10000 années *[4096 ans en décimal]*, avant que l'action conjuguée des grosses planètes, principalement la Grande Gazeuse, ne finisse par les faire s'écarter de leurs trajectoires initiales.

Les Témoins sont conçus pour être autonomes *[littéralement "ne pas manger"]*, et rester passifs tant qu'aucune sollicitation mécanique ne les réveillera. Lorsqu'ils seront réveillés, il deviendront photosensibles *[littéralement "ils mangeront la lumière"]* et se mettront à émettre des informations, sur un mode très lent et très primitif, pour être aisément reçu et compris, même par des êtres inférieurs.

Un ensemble non exhaustif de documents destinés ou bien à des Esprits, ou à des entités intelligentes étrangères, est stocké dans leur mémoire.

[Les 64 "Témoins" lancés par les Esprits étaient conçus pour rester en orbite pendant plusieurs milliers d'années, et les Esprits ont du estimer que cette durée était très amplement suffisante. Mais tous les Esprits ont péri, et les 64 astéroïdes artificiels ont continué à orbiter entre Mars et Jupiter, en traversant à chaque rotation la zone peuplée par les millions d'astéroïdes naturels qui gravitent entre ces deux planètes. Peu à peu, les passages au voisinage d'astéroïdes, et l'influence de Jupiter ont modifié leurs trajectoires. Il en a résulté des modifications importantes des orbites, des collisions, des éjections hors du système solaire. Après quelques dizaines de millions d'années, la plupart des Témoins ont du se perdre. L'Anomalie 2043KP33 est de toute évidence un rescapé de ces 64 "Témoins" qui a survécu à 252 Millions d'années de rotations autour du Soleil. Son orbite a

changé depuis son lancement, et elle s'étire maintenant jusqu'au-delà de l'orbite de la planète Neptune.]

[Nota bene : Cet article fait état des dates de lancement des Témoins comme s'il avait été rédigé après le lancement. L'article semble avoir été antidaté par l'Esprit qui l'a écrit, car il a nécessairement été composé avant le lancement, puisque les Témoins emportèrent avec eux l'"Encyclopédie de l'Astéroïde".
Une autre hypothèse, avancée par certains analystes, est que ces données relatives au lancement lui-même ont été téléchargées dans les Témoins à distance, après leur mise sur orbite.
Le rédacteur de l'article était probablement un membre du groupe des Déviants, qui a considéré qu'il était indispensable que les Témoins portent dans leur mémoire, comme un article de l'Encyclopédie de l'Astéroïde, des informations sur leur propre identité.]

Article n° 663P / Chronique de l'an 545

Nota Bene : Ceci est une traduction approximative, qui sera affinée lorsque la compréhension du langage des Esprits se sera améliorée. Les passages entre crochets [...] sont des remarques et des précisions apportées par l'équipe mixte des Linguistes, Cryptanalystes et CyberCerveaux qui se sont attelés à la tâche ardue de traduction et d'interprétation.

[L'an 545 de l'Unification, notée en octal, base 8 utilisée par les Esprits, correspondant à l'année 357 dans notre numération décimale]

Pendant ce Tour de Soleil *[cette année]*, ceux de ꓛꓘꓡꓱ *[intraduisible]*, sur la côte nord de la Terre du Milieu, ont dû abandonner leur ville le 123ème jour *[83ème en décimal]*.

Le sol a tremblé tout le jour, dans toute la région, de la force extrême de degré 5, et la ville a subit d'immenses dégâts. Les habitants des bâtiments les plus hauts n'ont pas pu être évacués avant la chute des structures et les victimes sont nombreuses.

Sur la côte de l'Océan-Autour, la Mer Froide a reflué de plusieurs ᕮⵏ•ⵏᏅ *[une mesure de distance évaluée à environ 1,25 km]* et est revenue et a noyé une bande de terre de 4 ᕮⵏ•ⵏᏅ *[= 5 km]* où elle a tout détruit.

Au sous-sol, les ⊥ⵏ•ⵏᎠᎾᒪ *[Usines ? Entrepôts ?]* se sont effondrés et les aqueducs qui acheminaient l'eau depuis le Grand Lac ont crevé, noyant tous ceux qui n'avaient pas revêtu leur ⵏOᏞᎠᎠ *[probablement une combinaison étanche et chauffée].*

Dans le tumulte, les Communicateurs Personnels ont échangé des messages de détresse auquel ni Esprits ni machines n'ont pu répondre, et ceux qui étaient en détresse sont restés seuls.

Vers le soir, l'Usine d'Energie s'est arrêtée à cause des ruptures de conduites et du manque de Deutérium *[le combustible des centrales à fusion]* qui faisait défaut depuis deux octaines *[Les Esprits groupaient les jours par huit et non en semaines comme nous],* et toutes les machines non autonomes sont mortes.

Les Esprits se sont alors répandus dans la plaine en multitude, munis seulement de leurs exosquelettes et de leurs Communicateurs Personnels, pour fuir le désastre et le raz de marée, mais tous ceux qui n'avaient pas revêtu leur ⵏOᏞᎠᎠ *[combinaison]* sont morts très vite, empoisonnés par la pestilence de l'atmosphère infestée par les émanations de gaz de la Mer de Lave, au nord-ouest, que le vent rabattait vers la Mer Froide.

[Exosquelette : structure très semblable aux semi-robots personnels utilisés couramment depuis 2035, qui, comme les modèles actuels, enveloppait et assistait mécaniquement le corps

de l'utilisateur et lui conférait une force très supérieure à sa force musculaire propre. Il est probable toutefois que les exosquelettes des Esprits n'étaient pas en titane comme les nôtres, mais en un matériau à base de carbone.]

[La Mer de Lave désigne de toute évidence ce que nous appelons les Trapps de Sibérie, le colossal épanchement de matières volcaniques remontant en panache des profondeurs du manteau terrestre et qui a été très probablement la cause majeure de la Grande Extinction du Permien.]

A ꓛkLꟼ, au centre de la ville, l'Usine à Nourriture s'est arrêtée. Les survivants qui restaient dans les décombres sont morts de faim ou de lenteur avant la fin de l'octaine, et les quelques Monstres aux Dents Longues qui avaient réussi à survivre et qui rodaient solitaires les ont dévorés.

[les Monstres aux Dents Longues étaient probablement des carnivores thérapsidés du genre Dicynodontia, qui vivaient dans le nord de la Pangée à la fin du Permien.]

Les Cerveaux de Carbone enfermés dans les silos de sécurité ont pu continuer à penser, et à transmettre des mots et des images vers les autres centres habités de la Terre du Milieu, ꓱꓒOꛎꛎ et ꓧꓒꓒꓥ┼, ainsi que vers ꙨꙨꚚꓱ sur la Grande Ile.

[Le terme "Cerveau de Carbone", qui est fréquemment utilisé dans de nombreux articles de l'Encyclopédie de l'Astéroïde, désigne très probablement un type de machine intelligente, de CyberCerveau sophistiqué dont les circuits sont basés sur des macromolécules construites sur des chaînes carbonées qui pourraient être des protéines auto-reproductrices. Ces circuits pourraient ressembler aux prototypes expérimentés dans les laboratoires de recherche de NATO à l'heure où nous écrivons. La communauté scientifique est très intéressée par les

informations qui pourraient peut-être être obtenues de l'artefact 2043KP33 à ce sujet.
Le lecteur se rapportera à l'article n°107F de l'Encyclopédie de l'Astéroïde, qui concerne les Cerveaux de Carbone]

[Les "centres habités" cités n'ont pas pu être localisés à un endroit précis de la Pangée. Il est probable que la Grande Ile était située dans la Thetis, l'immense golfe situé à l'Est de la Pangée.]

Le ciel était par endroit rouge comme du sang, à d'autres jaune comme le soufre des volcans, chargé de lourds nuages très corrosifs *[littéralement "qui mangeaient les exosquelettes"]*, et qui cachaient la Lune et les étoiles et toutes les Machines au Loin toute la nuit. Le jour était très sombre, et le Soleil ne parvenait pas à percer la nuée. Les animaux qui volent étaient tous tombés, et agonisaient dans les débris des fougères jaunies et racornies.

[L'expression "les Machines au Loin" désigne l'ensemble des engins que les Esprits ont lancés soit sur des orbites basses, soit sur des orbites géostationnaires comme nos nombreux satellites de télécommunication et les treize stations GeoSta de ASIA et NATO. L'article n° 813B de l'Encyclopédie de l'Astéroïde fournit de plus amples détails sur "les Machines au Loin".]

Beaucoup d'Esprits sont morts de faim ou de soif, ou parce que les centrales d'énergie de leur exosquelette étaient épuisées.
Tous ceux dont le respirateur fonctionnait mais dont le ⅄OLƆⅠⅠ était déchiré, sont morts de lenteur.

[La régulation corporelle des Esprits étaient beaucoup moins bonne que la nôtre, qui est stabilisée à 37°C. Il n'étaient que très imparfaitement à sang chaud, et lorsque la température de leur

136

environnement baissait significativement, leur métabolisme ralentissait beaucoup, et leurs gestes devenaient beaucoup plus lents, comme s'ils étaient engourdis, sans que leur intellect, dans un premier temps, ne s'en ressente. Ainsi, dans le langage courant des Esprits, les notions de "froideur" et de "lenteur" se confondaient.]

La respiration des Esprits avait fini par devenir impossible sans le secours des exosquelettes, mais l'autonomie de ces derniers était limitée à moins de trois jours. Les réserves d'oxygène des Esprits survivants se tarirent rapidement, et ils périrent. Ceux qui avaient tenté de respirer directement l'air fétide avant qu'il ne fut complètement suffocant, pour économiser les réserves de leur exosquelette, ont été pris de malaises et leurs membranes nictitantes sont devenues opaques et jaunâtres, tandis que les démangeaisons aux endroits où la peau est tendre, autour des yeux et du cloaque, devenaient insupportables.

[Comme ceux de nombreux reptiles actuels, les yeux des Esprits possédaient, en plus des paupières verticales opaques, une paupière horizontale translucide, la membrane nictitante, qui protège et nettoie leurs cornées sans les empêcher de voir la lumière. Leurs orifices anal, urinaire et génital étaient rassemblés dans une cavité commune, le cloaque, comme aujourd'hui chez les reptiles et les oiseaux.]

Certains Esprits ont cependant tenté de parcourir la distance qui sépare ꓒꓘꓡꓱ *[intraduisible]* des bases habitées les plus proches, le long de la côte, vers le sud, guidés par leur Positionneur *[probablement une sorte de GPS].*
Le terrain était très accidenté, et la chaîne des Montagnes de l'Est, qui descend en escarpements abrupts plongeant dans l'Océan Autour, rend sur ses pentes la progression difficile et périlleuse.

Ceux qui ne sont pas morts intoxiqués ou pris par la lenteur sont tombés dans des éboulis, dans les grandes forêts de conifères et de fougères arborescentes.

[Les montagnes évoquées par les rédacteurs de cet article pourrait être le plissement montagneux qui est devenu la chaîne des Monts Taihang, dans la Chine actuelle, au sud-ouest de Pékin.]

Depuis le début des pluies corrosives et du séisme, aucune machine volante ne pouvait plus ni prendre l'air, ni s'approcher de la région sinistrée. Les Machines-Seules envoyées depuis ꙮꙮꙩꙶ sur la Grande Ile mirent un quart de jour à s'approcher, mais toutes, prises dans les bourrasques violentes et les nuées exhalées par les laves, s'abîmèrent dans l'Océan-Autour ou sur la terre désolée.
[Les "Machines Seules" sont décrites en détails dans l'article n° 813A de l'Encyclopédie de l'Astéroïde. Il s'agit de drones sophistiqués pilotés par un "Cerveau de Carbone" et dont l'autonomie était suffisante pour relier n'importe quel point de la Pangée.]

Cinq octaines après le séisme, les Machines Seules ont pu traverser la zone ravagée et parvenir à l'endroit où, encore peu de temps avant, ꙶ꙰ꙆꙄ *[intraduisible]* était prospère. Les robots déposés sur place ont exploré les décombres, et ont envoyé des images vers les centres habités et les Machines au Loin. Aucun Esprit survivant n'a été trouvé, ni aucun animal.
De nombreuses Machines Seules, jetées sur les rochers par les bourrasques, n'ont pas pu revenir vers ꙮꙮꙩꙶ sur la Grande Ile.
Au cours du même Tour de Soleil, au 212ème jour *[138ème en décimal]*, ceux de ꙶꙶꙆꙆꙆ *[intraduisible]*, sur la côte nord-ouest, là où se sépare la Petite Péninsule *[?? non identifiée]* ont été

empoisonnés par une nuée de gaz toxiques et ensevelis sous une couche de poussières qui a bouché tous les respirateurs individuels et collectifs.

Au cours du même Tour de Soleil, au 305ème jour *[197ème en décimal]*, sur la côte ouest de la Terre du Milieu, dans la région de ⵀⴱⵉⵛⵟ *[non identifié]*, où toutes les Usines à Nourriture étaient en panne depuis longtemps, les réserves de nourriture sont arrivées à leur terme. L'approvisionnement par des Machines Seules n'a pu être possible que 14 *[12 en décimal]* octaines plus tard. Un très grand nombre d'Esprits ont succombé.

La Mer de Lave a continué à s'épancher, couvrant de vastes espaces du nord de la Terre du Milieu. D'épais nuages de gaz toxiques, poussés par le vent, et de poussières, ont progressivement empoisonné la Terre du Milieu et l'Océan Autour, ainsi que toutes les Iles.
La végétation à péri, ainsi que les animaux qui rampent et ceux marchent, ceux qui nagent et ceux qui volent.
Les grandes forêts ont perdu leur verdeur, les ginkgos sont devenus tous jaunes comme le soufre, et les frondes des grandes fougères courbées par le vent se sont recroquevillées.

Les catastrophes ont continué à se succéder, et l'Océan Autour est devenu si inhospitalier que les bases sous la surface ont dû être abandonnées.
Le 457ème jour *[303ème en décimal]* de l'an 545 de l'Unification, il ne restait plus qu'un centre habité, ⵀⴷⴷⵌⵜ, peuplé de Déviants, sur la côte sud-ouest de la Terre du Milieu. Ils n'étaient plus que 354 *[236 en décimal]*.

[Le lecteur se rapportera utilement à l'article n°036K de l'Encyclopédie de l'Astéroïde, qui concerne les Déviants.]

Les Esprits

Mission Erendiz
Le jeudi 25 février 2044, à 09h47 UTC

Depuis quelques semaines, 2043KP33 a cessé de fournir le type de données que les experts terrestres identifient comme faisant partie de ce qu'ils ont baptisé l'"Encyclopédie de l'Astéroïde". De nouveaux éléments leur ont succédé. Des paquets binaires bien ordonnés, formatés comme les chapitres d'un livre, et répétés d'une à quatre fois chaque fois (selon l'importance que leur accordaient les Esprits ?) viennent depuis la veille de faire place à des dessins en 3D, dont les points blancs ou noirs, ou plutôt transparents ou noir, sont balayés par tranches successives.

 De l'avis des spécialistes qui se penchent sur la question au grand centre de calcul et d'analyse de Colombo/Sri Lanka, les Esprits ont dû concevoir ces fichiers pour qu'une autre espèce intelligente que la leur, qui aurait d'autres bases culturelles, puisse les lire. En effet, aucun système de compression des données n'est utilisé, ce qui aurait pourtant réduit considérablement la masse de données.

Là, maintenant, depuis quelques minutes, l'Anomalie transmet des trains de données longues de 4096 octets, et se répètent presque à l'identique. S'il s'agit bien d'une image tridimensionnelle non compressée, formée d'un cube de points transparents ou noirs, alors il va falloir 55 heures pour obtenir l'image complète !

D'un commun accord, l'équipage a décidé de transmettre vers la Terre les données au fur et à mesure, sans attendre le chargement de l'image complète.

Depuis le jour où le Superviseur a fait son annonce, et que les passagers du vaisseau sont officiellement partie prenante et membres du comité qui, pour le compte du Conseil des Nations, suit le projet

Erendiz, la vie de Bee, Foy, Luka et Ugo est moins trépidante, moins tendue.

Les deux hommes sont assez fréquemment sollicités pour des questions techniques, mais le délai de transmission avec la Terre, qui s'est pourtant réduit maintenant à moins de trois minutes aller-retour, n'en reste pas moins très handicapant.

Dans moins d'un mois, le vaisseau effectuera son rendez-vous avec la station orbitale Lagrange 4, et devra réduire de plus de 2 km/s sa vitesse pour modifier son orbite. Il faut s'attendre à ce que 2043KP33 interrompe alors encore une fois la transmission des données, et que sa surface redevienne blanche. Les responsables de Lagrange 4 prévoient déjà qu'une fois le vaisseau arrivé, ils remettront le cône en apesanteur, en positionnant le vaisseau Erendiz sur l'axe de la grande roue que forme la station, là où la gravité artificielle obtenue par la rotation de Lagrange 4 est nulle. Les conditions devraient alors être réunies pour qu'une fois de plus, l'Anomalie se réveille et se remette à transmettre des données… Mais, si comme ils en sont maintenant persuadés, elle recommence depuis le début la transmission de toutes les informations déjà fournies, il faudra de longs mois pour pouvoir accéder à des données inédites.

Souvent oisifs, à bavarder devant la grande console ou à faire du sport dans les cabines consacrées à ces activités, les quatre coéquipiers se prennent de plus en plus à penser à ceux qu'ils ont laissés sur Terre il y a maintenant un an, jour pour jour.

Ils avaient tous quatre prévu d'être absents bien plus longtemps, car leur voyage vers Jupiter devait durer trois ans. En comptant leur séjour sur le grand satellite Callisto, et la supervision de la construction par les robots de la base permanente prévue là-bas, et le retour, leur absence de la Terre était évaluée à sept ans au moins.

Ils avaient tous quatre organisé leur vie en fonction de cette longue absence, et le l'interminable entrainement qu'ils avaient suivi les y avait préparés. Pas d'attaches, pas d'enfant, pas d'obligations sur Terre.

Et pourtant, maintenant, à l'approche de la date de l'arrimage au grand dock spatial de la station, ils sont tous pris de nostalgie.

Ils imaginent les jardins luxuriants et les grands espaces sous la coupole qui sépare l'atmosphère captive de la station du vide immense et du fourmillement d'étoiles. Ils imaginent le restaurant gastronomique où, dans une confortable pesanteur artificielle, les tables peuvent être dressées et où le vin ne s'échappe pas des verres de cristal. Où les femmes coquettes peuvent porter des jupes légères qui ne se retroussent pas, et les petits pois ne s'éparpillent pas jusqu'au plafond.

Et puis, sur la surface de la planète, le vent dans les cheveux, l'odeur de l'océan, l'ombre des futaies. L'horizon.

Les conversations tournent de plus en plus autour de la planète bleue où ils sont nés. La planète que leur espèce a tant maltraitée, mais qui restera toujours leur berceau.

Tandis qu'ils échangent des souvenirs, et imaginent tout ce qu'ils vont faire à leur retour, l'image 3D issue du flux de données que 2043KP33 continue de fournir se construit, au fur et à mesure qu'elles arrivent, par empilement de tranches infimes.

Déjà, on devine qu'il s'agit d'un squelette, dont on distingue des pattes postérieures à quatre doigts et une queue robuste posée au même niveau, formant avec les deux pieds une assise stable.

Le lendemain, l'image immatérielle faite de points noirs opaques, qui a progressé, montre un bassin et des côtes.

Le surlendemain, les pattes avant sont clairement représentées, et enfin, après presque deux jours et demi d'attente, un squelette complet se tient debout, flottant devant le grand écran.

Déjà bien avant que l'image ne soit terminée, les informations provenant de la Terre ont afflué. Les plus grands paléontologues se sont disputés depuis des heures, mais un consensus s'est dégagé.

Avant même que le squelette de l'Esprit ne soit complètement formé en face de Foy et de Bee qui le regardent, fascinées, le rapport des experts, dans le jargon dont ils ne peuvent pas se départir, même lorsqu'ils font un effort de vulgarisation, s'affiche à plat sur l'écran en arrière de l'image 3D.
Luka, Foy, Bee et Ugo s'approchent, après avoir demandé au CyberCerveau d'éteindre l'impalpable image 3D du squelette de l'Esprit.
Lentement, un texte simplifié du rapport s'affiche, ligne par ligne, pendant que le vocaliseur le lit.

Les Esprits, apprennent les occupants d'Erendiz, étaient des parareptiles, des anapsides qui ont vécu à la fin du Permien, il y a 252 millions d'années. Ils possèdent les caractéristiques archaïques des animaux terrestres de cette époque-là, avec la particularité d'être bipèdes, comme l'avaient déjà été avant eux, depuis une quarantaine de millions d'années, bon nombre d'autres espèces comme Eudibamus Cursoris, découvert il y a déjà plus d'un demi-siècle, 1993, en Allemagne.
Les Esprits, dont on ne connait pas d'ancêtres directs mais qui semblent bien, d'un point de vue morphologique, être des bolosauridés, ont développé des caractéristiques très évoluées comme un crâne volumineux ou une morphologie des pattes antérieures leur permettant d'opposer leurs doigts en deux groupes de deux.
En recoupant les données concernant le squelette et les informations déjà décodées, on peut affirmer que les Esprits ont évolué en seulement quelques centaines de milliers d'années à partir d'une espèce plus primitive faiblement différenciée, pour devenir une

espèce pensante qui a inventé la technologie, et, de toute évidence, les voyages spatiaux.

Exactement, en fait, comme les hommes…. Dont les traces fossiles, pourtant récentes, et qui ne datent pas de plus de quelques millions d'années, sont extrêmement ténues. Et qui en un temps très court, sont eux aussi passés à l'aire spatiale.

Mais une grande différence avec les humains, souligne le groupe d'expert, est que l'évolution des Esprits, elle, s'est faite, dès son début, dans une période de crise écologique intense : la Grande Extinction du Permien, qui a fait disparaître une écrasante majorité des espèces de l'époque, a commencé bien avant que les Esprits ne se différentient à partir d'autres parareptiles beaucoup plus primitifs. On peut se demander si l'intense pression d'un monde en déclin n'a pas joué un rôle prépondérant dans l'émergence des Esprits, dont la lutte pour la vie est passée par la technologie.

La voix chaude du vocaliseur s'est tue. En bas de la page maintenant immobile sur l'écran, une note précise : "rapport détaillé sur demande".

Bee, sanglée dans sa combinaison rouge, sa chevelure de feu ébouriffée, est la première à s'arracher à la méditation qui les a tous pris.

"La technologie ne les a pas sauvés. Ils ont disparu, engloutis dans l'immensité du temps".

Foy hoche la tête. "Nous n'étions donc pas les premiers… "

Mission Erendiz

Le jeudi 25 février 2044, à 21h03 UTC

Bien qu'il n'y ait ni jour, ni nuit, dans l'immensité entre les planètes, l'équipe d'Erendiz continue, depuis le début de la mission, à vivre à l'heure UTC, synchronisé sur le Temps Atomique International qu'utilisent tous les astronomes. C'est, à quelques ajustements minimes près, l'heure des habitants du méridien zéro sur Terre, qui passe par l'observatoire Greenwich, dans la banlieue de Londres, Grande-Bretagne, NATO.

Le soir arrive, et après toutes les émotions de la journée, Ugo, Luka, Foy et Bee se laissent alors aller à une fête improvisée, agrémentée de la consommation immodérée d'un excellent cru de Rioja …
Ils finissent tous dans la cabine de Foy, pêle-mêle, empêtrés dans leurs vêtements retirés à la hâte, qui flottent jusqu'à risquer d'obstruer l'extracteur d'air.
Après les rires, les ébats, ils s'endorment en désordre.

Pendant leur sommeil, de nouveaux fichiers s'affichent sur l'écran, qui ne ressemblent à aucun de ceux déjà reçus. Des séquences de 1,23 GigaOctets seulement, apparemment peu structurées, de données binaires qui ne correspondent ni à du texte, ni à des images. Groupés en trente-deux paquets de longueurs très inégales, séparés par des silences.

Sur Terre, les CyberCerveaux se mettent au travail. Que vont-ils encore découvrir ?

La Plaine

La Plaine est morne et étale, et plus aucun ginkgo n'est debout. Un tapis presque ininterrompu de fougères et de prêles jaunies s'étend jusqu'à l'horizon obscur, qui par instants s'allume d'éclairs.

Le ciel est de plomb, pommelé de nuages menaçants, et une bruine corrosive mouille tout.

De temps en temps, le sol tressaute et c'est comme si l'air épais malgré la fine averse vibrait lui aussi. Comme le sourd grondement de gorge d'un dimétrodon, lorsque de colère il fait ondoyer la voile membraneuse qui court sur son dos. Mais les dimétrodons ont déserté la plaine depuis longtemps.

Devant ses pas, une longue faille fend le sol, qui s'étend, comme déchiquetée, devant lui, jusqu'à perte de vue. Au fond, un rougeoiement cramoisi couve, menaçant.

Le soir va bientôt tomber maintenant, et le ciel déjà sombre s'alourdit encore, tandis que les éclairs zèbrent maintenant le ciel jusqu'au zénith.

Λ+Ɛ⋊ est en détresse. Son Navigateur s'est rompu lorsqu'en essayant de traverser la faille, le matin du jour d'avant, il avait chuté sur le côté. Son Communicateur, lui aussi, semble hors d'usage. Il n'émet dans son casque que des grincements stridents sans signification. Λ+Ɛ⋊ ignore si les messages qu'il a tenté d'envoyer sont parvenus aux autres Esprits restés à la Machine Volante, là-bas plus au sud, là où elle est tombée sans pouvoir se relever, les pales de son rotor brisées contre les rochers.

Λ+Ɛ⋊ est parti seul, vers l'Est, pour y chercher du secours, tandis que ⅂⊥÷Λ partait, elle, vers le Sud. Il n'a plus de nouvelles d'elle, qui est sa compagne, ni des blessés restés à l'abri dans la Machine Volante rompue, couchée dans les détritus de ce qui avait été, il y a longtemps, un ruisseau.

ᐱ+Єᐳ essaie d'avancer, encore. Son exosquelette, par-dessus son léger scaphandre isolant, l'enveloppe et le protège. Les nombreux capteurs sentent chacun de ses mouvements, la moindre flexion d'un membre, et les suivent, les assistent, les amplifient au moyen de puissants moteurs.

Mais peut-être ᐱ+Єᐳ devrait-il accepter que tout cela soit du passé, maintenant : son exosquelette donne d'inquiétants signes de faiblesse, les jointures de carbone coincent, les moteurs hésitent.

Son scaphandre est déchiré, à l'arrière, et le froid qui mord engourdit déjà, inexorablement, toute l'extrémité de sa queue.

Plus grave, le thermostat semble défectueux, et des vagues de froid puis de chaud le prennent, qui subitement le ralentissent puis le revigorent.

ᐱ+Єᐳ pense à tout cela et il a peur, tandis qu'il poursuit le long de la faille. Il faut qu'il parvienne à la cité, là-bas. Loin. Mais il ne sais plus combien de temps il lui faudra poursuivre, car son Navigateur est brisé. Et il ignore si la centrale d'énergie de l'exosquelette tiendra jusque là.

Il continue, quand même. Ses grands yeux verts à la pupille fendue, verticalement, comme deux portes entr'ouvertes sur son âme, le font souffrir.

Au matin, affamé, il a dû courir le risque de retirer son casque pour mordre dans une poche de pâte nourrissante. Tout de suite, dans l'atmosphère corrosive que son respirateur ne filtrait plus, ses yeux ont brûlé, comme mordus par de l'acide. Il avait beau faire battre frénétiquement ses membranes nictitantes, les troisièmes paupières translucides qui balaient horizontalement ses yeux, l'irritation insupportable l'a obligé à remettre précipitamment le casque, après une bouchée happée à la sauvette.

Il est resté un long moment, les yeux pleins de larmes, debout immobile, appuyé sur ses deux puissantes jambes et sur sa queue massive, comme sur un tripode. Les quatre doigts de sa main gauche

étalés en éventail sur la visière transparente de son casque, dans un mouvement instinctif, comme pour protéger ses yeux de la douleur.
ⴷⵜⵄⵅ finit par repartir, lentement. En longeant encore et encore le bord de la faille à sa droite, qu'il suit comme un fil d'Ariane. Une longue fissure dans la plaine, au bord irrégulier, éboulé par endroit, qui serpente vers l'Est. Vers la Cité.
Maintenant le sol tressaute à nouveau, et devant lui, à moins d'un demi ⵄⵃⵚ, la lèvre de la faille se déchire, s'émiette et s'abîme dans les profondeurs avec un bruit énorme, comme palpable, comme si l'air était devenu solide, comme le choc d'une montagne sur son casque.
Du fond de la fente immense montent des volutes de poussière brûlante, rougeâtre, âcre au point de traverser les filtres du casque et de le faire tousser.
Les contractions de son thorax, immédiatement interprétées par l'exosquelette comme des ordres de mouvements, sont amplifiées, et ⴷⵜⵄⵅ est secoué de spasmes violents.
"Raison!" jure-t-il ...

Avant de pouvoir repartir, il est obligé d'essuyer la visière de son casque, couverte de poussière ocre. A chaque pas, maintenant, il soulève des volutes épaisses, qui en retombant, effacent ses traces.
Tandis qu'il progresse laborieusement, accompagné par un inquiétant grincement des jointures de son exosquelette, la lumière décline encore, et derrière lui ne subsiste plus qu'une longue trainée rouge qui filtre à travers les nuages bas. Partout ailleurs, au-dessus de lui, devant lui, la pénombre l'environne.
Le Cerveau de Carbone qui gère son casque, son scaphandre, son respirateur, a allumé le projecteur qui maintenant dessine un large rond de lumière devant ses pas, dans la poussière.
ⴷⵜⵄⵅ marche, et marche encore. Machinalement. Ses yeux le font souffrir.

Il pense à la vie, jadis, dans la cité des Esprits, sous les coupoles de lumière, les jardins de fougères bleues, et rouges, et roses que les Esprits avaient créées en jouant avec les gènes des plantes. Les immenses libellules, que les Esprits avaient rendues inoffensives, et qui ne mangeaient plus que la nourriture qu'ils fabriquent dans l'Usine à Manger. Leurs grandes ailes diaphanes, nervurées de vert et de gris, qui battaient comme à contretemps sur la paroi transparente, dans l'illusion de pouvoir partir vers le ciel.

Λ+Ɛ⋊ pensait à tout cela, et aussi à la grisante compétition avec ses amis et rivaux, leurs joutes intellectuelles, les énigmes mathématiques qu'ils s'adressaient, les casse-têtes qui les maintenaient éveillés plusieurs jours parfois, durant lequel aucun ne voulait céder, ne pouvait lâcher prise.

Les inquiétudes sans fin aussi, l'élan de survie, la volonté collective de sauver les cités de l'avance inexorable de la catastrophe.

Les débats avec les Conservateurs, ceux qui refusent de comprendre que pour survivre, il faut quitter la Terre du Milieu, qui se meurt peu à peu, dans une très lente agonie qui dure depuis toujours.

Λ+Ɛ⋊ trébuche, le pied de son exosquelette a heurté un rebord rocheux. Les capteurs auraient dû éviter cela. Inquiétude. Encore.

Il essaie de reprendre le fil de sa pensée, ne sait plus où il en était. Son imagination s'évade, puis revient à ⌐⊥÷Λ. Il n'aurait pas dû la laisser partir seule vers le Sud. Ils auraient dû quitter la Machine Volante écrasée, et cheminer ensemble. Il aurait moins peur. Elle aussi.

Et peut-être qu'un au moins des deux Navigateurs, un au moins des deux Communicateurs aurait tenu le coup, et ils seraient moins perdus.

En allant chacun de leur côté, ils pensaient, comme d'ailleurs les autres survivants de l'accident de la Machine Volante, que Raison voulait qu'ils augmentent, en se séparant, leur chances de rejoindre une cité habitée. Peut-être n'ont-ils pas compris ce que Raison voulait. Si tout ceci est arrivé, c'est Chaos qui l'a provoqué.

Chaos ! Les Cerveaux de Carbones de la Machine Volante ont été incapables de prédire, même avec l'aide de Raison invoquée à chaque étape, que les nuées ardentes de la Mer de Lave seraient poussées si loin vers le Sud. Ni que les poussières boucheraient les filtres des tuyères. Chaos !

Il fait tout à fait nuit maintenant. Malgré l'aide constante de l'exosquelette, la fatigue gagne Λ+Ɛ⊁ qui trébuche de plus en plus souvent.

Il décide de s'arrêter, et immobilise les membres synthétiques et les moteurs. Le voilà debout, en appui sur ses deux pieds et sur sa queue, prisonnier dans son scaphandre, dans un silence qui n'est plus troublé que par le bruit de la ventilation de son casque, et le murmure du vent qui chasse sur ses pieds des trainées de poussière.

Dormir. Dormir jusqu'au matin.

Une totale solitude, un ciel noir sans aucune étoile.

Et le thermostat de son scaphandre qui hésite. Le froid qui l'engourdit immédiatement. Son corps qui ralentit, qui s'engourdit.

Son esprit qui court, qui s'agite, comme un pantin fou dans une boîte close.

Λ+Ɛ⊁ sent l'immobilité le gagner. Mais il n'a plus peur.

Il pense à ꓶ⊥÷Λ, qui, elle, continue peut-être sa route.

Il pense aux Témoins qui vont partir loin de la Terre du Milieu.

Puis il ne pense plus.

Couvée

A sa droite, entre les nuages bas effilochés, dans les lambeaux de brume jaunâtre, la pâle lueur du soleil qui se couche transparait juste au-dessus de l'horizon. Partout ailleurs, le ciel est déjà presque noir, pommelé de nuages gris sombres, épais, menaçants.

Epaulée, assistée, ⏋⊥÷Λ poursuit à grandes enjambées, rendues élastiques par un ingénieux agencements de ressorts et d'amortisseurs, sa route vers le Sud. Elle est portée, aidée par son exosquelette, dont les longerons et les jointures sont maculés de boue visqueuse, d'une couleur indéfinissable, de rouille et de glaise.

Le terrain est accidenté, et il lui faut contourner des forêts de gigantesques fougères arborescentes dont les fûts rugueux sont couchés, comme soufflés par l'éternuement d'un géant, leurs feuilles dentelées emmêlées dans un inextricable labyrinthe déjà pourrissant.

Une odeur prenante, musquée et soufrée, s'insinue dans le respirateur de la marcheuse.

Pas une bête, pas un insecte. Même pas la fuite éperdue des animaux qui rampent, et s'égaillaient naguère dans les fourrés devant les pas de l'exosquelette, lors des grandes marches dans la plaine.

Rien. Le Communicateur ne lui rapporte, à travers l'interphone de son casque, que le bruit incessant du vent dans les branches mortes des fougères.

Devant ses yeux presque phosphorescents dans l'ombre, en superposition sur la surface de la visière souillée par la poussière et la pluie acide, des symboles rouges lui indiquent sa position.

Plus que quelques ∈⊦ⵁ, jusqu'à la base, à la lisière de la cité, où elle pourra retrouver d'autres Esprits, se reposer.

Le Communicateur de ⏋⊥÷Λ fonctionne encore, par intermittence.

Elle a tenté, chemin faisant, de rapporter la position de la Machine Volante en détresse, qui s'est écrasée, plus au nord, son rotor brisé, son équipage décimé. Mais elle n'a croisé aucune expédition de secours partie de la cité en direction du lieu du sinistre.

Plus que quelques ⊂ꞁ·ꞁ☺…

꒱⊥÷ᴧ a très faim, très soif. Accroché à l'armature de l'exosquelette, le petit conteneur qui renferme de l'eau, et quelques poches de pâte à manger, la tente. La torture. Mais enlever son casque est une folie. L'atmosphère épaisse est comme poisseuse, et dévorerait sa peau, ses yeux. Déjà les rares parties métalliques de l'exosquelette ont changé de couleur, sont devenues toutes mates, corrodées, ternes.

Plus que quelques ⊂ꞁ·ꞁ☺…

Et qu'est devenu ᴧ+⊂ꓘ ? Il est parti vers l'Est, vers la Cité de ꓴꝁⳐ⊂. Il a osé, malgré la montagne, expliquant que la distance était plus courte, et que Raison était avec lui. Mais avec qui est Raison ?

꒱⊥÷ᴧ l'a laissé à regret, et a pris la route du Sud.

Elle a faim, et il ne quitte pas ses pensées. Elle voit, dans sa rêverie éveillée, les yeux verts aux pupilles fendues de ᴧ+⊂ꓘ, pétillants de complicité avec Raison.

Elle a la nostalgie du bien-être de sa compagnie.

Elle se prend à se remémorer leur dernier accouplement, là-bas dans le nord, il y a si peu de temps, juste avant les événements, avant ce vol désastreux dans cette Machine Volante qui est tombée. Le moment sublime, délicieux, lorsque l'hémipénis de ᴧ+⊂ꓘ a envahi son cloaque, et qu'elle a crié de plaisir.

Elle trébuche. L'exosquelette a des ratés. Un coup d'oeil aux jauges lumineuses devant ses yeux le confirme : sa centrale d'énergie est en train de consommer ses dernières ressources. Le Cerveau de Carbone de l'exosquelette a, spontanément, basculé vers un mode économe, pour durer le plus longtemps possible. Les capteurs de proximité, et bon nombre de télémètres et de palpeurs ont été mis en veille.

꒱⊥÷ᴧ va devoir compenser par davantage d'attention la subite cécité de son exosquelette.

Il fait nuit maintenant, et le projecteur frontal s'est allumé. Devant elle, une zone de lumière, longue et large de quelques pas seulement, la précède. L'image de réalité virtuelle que le Cerveau de Carbone projetait sur la visière de son casque, devant ses yeux, s'est éteinte, faute de capteurs en opération, et seul le compas de son Navigateur indique encore à ⊐⊥÷Λ la bonne direction.

Elle continue sa progression, pas après pas. Elle pense encore et encore à Λ+Ɛ⊃. Où est-il, maintenant ? Elle sait qu'il l'a fécondée, et qu'elle porte déjà ses oeufs dans son bas-ventre.
Si Chaos ne barre pas sa route, elle pourra bientôt joindre la base, donner l'alerte. Se reposer, boire, manger. Peut-être, très bientôt, pondre.

⊐⊥÷Λ poursuit encore sa marche, dans une obscurité opaque, totale, enfermante, avec pour seul horizon le rond de lumière devant elle.
Mais la fatigue gagne. Elle hésite, puis décide de s'arrêter, d'immobiliser l'exosquelette qui va ainsi la soutenir, et de sommeiller un peu. Pour économiser sa centrale d'énergie, elle réduit la température de son scaphandre. Elle sait que le froid va l'engourdir, inexorablement, et qu'elle deviendra incapable de bouger, marcher, piloter son exosquelette. C'est pourquoi elle programme le Cerveau de Carbone de son scaphandre pour qu'il la réchauffe au petit matin, afin qu'elle puisse repartir. Elle n'ignore pas qu'en cas de danger pendant la nuit, elle ne sera pas en mesure de fuir ou de se défendre, mais les bêtes qui attaquent et mordent ont déserté la plaine depuis longtemps.
Son esprit reste alerte quelques moments encore, tandis que ses muscles deviennent lents….
Et elle pense, et repense encore à Λ+Ɛ⊃ qui chemine peut-être, quelque part à l'Est.

Au lever du soleil, comme prévu, le scaphandre diffuse une douce chaleur et ⅂⊥÷Λ commence à étirer ses bras, sa queue, ses jambes, avec délectation. Puis elle reprend vraiment conscience de la situation critique dans laquelle elle se trouve. De sa soif, de sa faim. De sa solitude.

Des trainées de brume glauque s'effilochent dans la brise qui chasse, au ras du sol, des débris de végétaux morts. A l'Est, une aurore misérable éclaircit l'horizon, au-dessus des montagnes.

Le Communicateur de ⅂⊥÷Λ crachote, et son Navigateur l'informe que le but est proche. Elle rassemble sa volonté pour avancer, encore.

C'est vers le milieu du jour qu'une Machine Volante se pose près de la silhouette épuisée qui avance encore lentement, avec peine.

Sous la coupole de la base où elle est enfin arrivée, s'agitent des Esprits affairés, dont les grands yeux inquiets clignent dans la lumière crue des projecteurs accrochés plus haut.

⅂⊥÷Λ est délicatement débarrassée de son exosquelette, puis de son scaphandre égratigné et souillé. Sa peau, dessous, est livide et ses yeux sont ternes sous le rideau trouble de ses membranes nictitantes.

Lorsqu'elle a bu et absorbé un repas délicieux d'insectes grillés issus de l'Usine à Manger de la cité, elle se sent mieux. Une Guérisseuse l'accompagne et la réconforte, et après être passée dans un bain d'eau tiède, elle est amenée dans un nid individuel pour s'y reposer.

La Machine Volante qui l'a recueillie, devenue une Machine Seule, est déjà repartie, malgré le danger d'être balayée elle aussi par la tempête et ensevelie sous la poussière, à la recherche de sa pareille qui s'est écrasée au Nord.

Elle vole cette fois sans passagers, pilotée seulement par un Cerveau de Carbone, sous le contrôle de ceux de la base.

La Guérisseuse examine ⅂⊥÷Λ et ses instruments observent, dans son ventre palpitant, les quatre oeufs qui y sont enfouis.

Trois d'entre eux n'écloront pas, leurs embryons sont morts.

Au soir la Machine Seule est de retour. Intacte. Mais sans passagers. Les occupants de l'épave perdue sur la plaine n'y sont pas. Les deux Esprits qui, de la cabine de contrôle de la base, pilotaient l'appareil de sauvetage ont vu, avec les Yeux Loin, l'épave désolée, presque enfouie dans un monticule de sable et de débris poussés par le vent et entremêlés dans les pales brisées.
Le petit robot explorateur n'a trouvé autour et à l'intérieur que des cadavres.
De ∧+ЄↃ parti vers l'Est, nulle trace, et il est impossible de le repérer au moyen des Machines Loin, qui gravitent au-dessus de l'atmosphère : les épais nuages sont plus opaques que jamais.

Deux jours plus tard, ⅂⊥÷∧, confortablement installée dans le nid, sous l'oeil attentif de la Guérisseuse, pond trois oeufs gris. Un d'entre eux porte la descendance de ∧+ЄↃ, qui est perdu au loin dans la plaine.
Un peu plus tard, ⅂⊥÷∧ suit la Guérisseuse qui installe l'oeuf, délicatement, dans l'incubateur collectif de la cité. Sur l'enveloppe coriace, elle appose une marque, que ⅂⊥÷∧ relit avec émotion. Elle sera avertie lorsque l'éclosion sera imminente.

Pendant ce temps, au-dehors, une tempête fait rage, et une nuée sulfureuse s'abat sur les dômes et les toits. Les aérateurs, un à un, s'étouffent sous les vagues de poussière volcanique qui les engorgent.

Envol

Ce qui reste de la cité de ꑉᐁᐁᐱ┼, au bord de l'Océan Autour, au Sud-Ouest de la Terre du Milieu, est en désespérance.

Le ciel est bas et lourd, et le soleil n'est vu qu'au petit matin, certains jours de grand vent.

Les Usines à Nourriture qui fonctionnent encore ne délivrent plus aux quelques survivants épuisés qu'une maigre production au goût étrange.

Les bouches d'admission des quelques grands Respirateurs de la cité, qui ne sont pas engorgées de poussière et dont les filtres ne sont pas colmatés, sont nettoyées chaque jour par ceux dont l'exosquelette est encore en état de marche, et qui sont capables de grimper dans les superstructures des longs bâtiments maintenant maculés de détritus poussés par le vent.

Le grand Incubateur a fini par s'arrêter, et les oeufs qui y couvaient ont déjà péri. Nul Esprit n'ose les livrer aux ᏀꚎꓯ ᐱ˥ᓂ, pour qu'ils puissent retourner à la poussière.

Comme une gêne étrange s'est installée parmi les survivants, dont presque tous sont des Déviants. Les quelques autres, réfugiés infortunés de cités perdues, qui se sentent trahi par Raison, et en proie, à chaque instant, à Hasard et Chaos, doutent maintenant eux aussi des bienfaits de la Règle de Poussière.

S'il avaient osé l'enfreindre plus tôt, au prix d'un sacrilège, les Machines qui Poussent et les Machines au Loin que les Déviants avaient, il y a quelques années déjà, en dépit de la totale désapprobation des Conservateurs, commencé à bâtir dans les ⊥ꓲᗑᔕᒥ de la cité de ꑉᐁᐁᐱ┼, seraient maintenant en route. Elles seraient peut-être même déjà arrivées dans des mondes lointains, et de nouvelles Terres du Milieu seraient en train de se construire.

Mais l'arrêt des ⊥ꓲᗑᔕᒥ, depuis un tour de Soleil déjà, a compromis le projet. Et les Machines au Loin, qui sont restées clouées au sol,

sont maintenant ensevelies sous des couches de poussières agglutinées par les pluies acides, et les végétaux morts poussés par les bourrasques qui balaient la plaine dévastée.
Depuis, partout, sur la Terre du Milieu et sur les îles de l'Océan Autour, les cités sont tombées, et les Esprits ont péri, par multitudes.
Et ⌝ᑯOⵖⵖ n'est plus, ni ᓑᓑⵙ⌝, ni ᒍkLϵ, ni même ᛘᛒ⁞ᘓᛏ.

Deux octaines plus tôt, deux Esprits miraculeusement rescapés de ⵖ⌝ᑯΓΓ sont arrivés dans une Machine Volante presque détruite. Ils étaient très malades et bavaient abondamment. Ils ont succombé depuis, et les ᘜⵖⵖ Λ⌝ⵙ les font retourner à la poussière.
Depuis rien.
Les Communicateurs sont désespérément muets.
Les Esprits sont désespérés.

Alors ceux d'entre eux qui sont encore courageux, et ils ne sont plus nombreux parmi les survivants, proposent de lancer les Témoins.
Les quelques ressources, que les Déviants avaient pu préserver pour cet ultime projet, ont permis de cacher, dans les huit silos enfouis entre les rochers de la grève, au bord de l'Océan Autour, près d'un petit promontoire, les petites Machines qui Poussent chargées des si précieux Témoins.

Le Conseil des Déviants est bref, et intense. Les orateurs ne s'embarrassent plus de réthorique, et l'un après l'autre, prennent acte de la chute de leur civilisation. Ils affirment la nécessité, au nom de Raison, et contre l'oubli que Hasard et Chaos pourraient opposer à la pérennité de leur souvenir, d'envoyer au loin jusque entre les mondes les Témoins, les ++ϵ⌝ᑐᘜ OᛏⵙO, qu'ils ont eu tant de mal à construire.
Et d'enfreindre, de bafouer la Règle de Poussière, qui a été leur perte.

Au matin, un vent fort qui vient de l'Océan Autour nettoie un grand pan de ciel. Quelques Esprits, engoncés dans leurs scaphandres et leurs exosquelettes, sont sortis de la cité et se sont attroupés non loin des silos de lancements, à un Є|•|Ɵ seulement, pour assister à l'envol des derniers messages qu'ils adressent à l'univers.

Un improbable rayon de soleil attire leurs regards vers l'Est, vers l'intérieur de la Terre du Milieu, au-dessus de l'horizon encombré. Entre les nuages, un soleil rouge sang monte imperceptiblement.

Puis, derrière eux, le bruit métallique d'une libellule géante les fait se retourner à nouveau. L'animal sorti de nulle part tournoie dans l'air fétide, comme une Machine Volante dont les pales s'entrechoqueraient.

C'est l'heure. Les regards se tournent vers le petit promontoire, là où est enterrée, encore pour quelques instants, la promesse que, si quelqu'un ou quelque chose trouvait les Témoins, ils ne seraient pas, eux les Esprits, oubliés à jamais.

Conjonctions

Mission Erendiz
Le mercredi 02 mars 2044, à 23h11 UTC

Dans deux semaines, le vaisseau Erendiz, le premier engin à avoir pris contact avec une civilisation technologique non humaine, arrivera à proximité de la Terre, et synchronisera son orbite avec celle de la grande station orbitale Lagrange 4, fleuron de la technologie de NATO.

Plus que deux semaines... Les quatre membres de l'équipage comptent les jours. Bientôt ils compteront les heures.
Les derniers fichiers de l'Anomalie se répètent encore et encore, avec de petites variations de l'un à l'autre. Chacun d'entre eux est composé de trente-deux blocs inégaux groupés deux par deux. Les blocs appariés sont égaux entre eux en taille, sauf les deux derniers.

L'information tombe alors que Bee et Ugo, les deux seuls encore éveillés, s'affrontent dans une partie d'échecs non assistée. Dan/ QR503AV[CyBrain], qui s'abstient de proposer des coups, se contente, à la demande des joueurs, de pousser les pièces qui se déplacent en 3D sur l'échiquier holographique.

Les deux joueurs humains affectionnent ces petites joutes amicales. Elles font partie, comme tout ce qui concerne la vie à bord, du tissu d'interactions entre les membres de l'équipage, et elles contribuent elles aussi à maintenir le délicat équilibre social entre quatre humains confinés, pendant une durée longue, dans un vaisseau spatial isolé.
Qu'il y ait une complicité durable et une estime réciproque entre les membres de l'équipage, bien antérieure à la constitution de l'équipage, a été considérée par la cellule psy du Comité Directeur du

Projet Erendiz comme un incontestable avantage. Malgré l'avis contraire de certains experts, le fait que Bee et Ugo d'une part, Foy et Luka de l'autre forment, depuis des années, deux couples non exclusifs, a contribué significativement au choix du Comité.

Les activités ludiques, pédagogiques, festives, sexuelles, des occupants du vaisseau, qui maintiennent la cohésion, favorisent les échanges, sont bien entendu non seulement totalement tolérées, mais encouragées par le Comité Directeur, qui les protège de toute publicité en-dehors du huis clos de la Mission, sous le couvert du Private Data Act.

Bee et Ugo, qui se sont rencontrés jadis au Club Echéphile de l'Université de Canaveral/Floride/NATO où il faisaient leurs études, ont toujours aimé s'affronter autour d'un échiquier. Mais il n'aiment, ni l'un ni l'autre, se mesurer à l'implacable efficacité de Dan/ QR503AV[CyBrain], même lorsque ce dernier leur propose de limiter la profondeur de ses analyses. Depuis des décennies, aucun humain n'a réussi à battre les CyberCerveaux à ce jeu où ils excellent.

La partie est déjà presque terminée, et Ugo, qui est en grande difficulté, a déjà perdu ses deux fous, un de ses cavaliers et une de ses tours, lorsque le vocaliseur annonce pour le lendemain le début de la conjonction Soleil / Vaisseau / Lagrange 4.

Ils les avaient presque oubliées, les conjonctions ! C'est le moment où la trajectoire d'Erendiz le fait passer juste entre Lagrange 4 et le Soleil. A ce moment-là, du fait de cet alignement, il devient momentanément impossible pour la station orbitale de recevoir ou d'envoyer des messages au vaisseau, car ses grandes antennes paraboliques se trouveraient alors exactement pointées vers le Soleil, ce qui noierait les signaux dans un flot de radiations et mettrait en péril les appareillages.

En théorie, pendant près de neuf heures, toutes les communications seront impossibles, le temps du transit d'Erendiz devant le disque solaire.

En principe, le positionnement angulaire de Lagrange 4 par rapport à la Terre est telle que pendant ce temps, les échanges pourront continuer avec les stations terrestres au sol. Dans vingt-et-une heures cependant, ce sera au tour de la Terre, et de Lagrange 5, qui est dans son alignement, d'être incapables de communiquer, alors que Lagrange 4 est censée le pouvoir à nouveau.

Va pour la théorie… mais Bee sait bien qu'en réalité, les protocoles techniques dictés par les ingénieurs qui veulent éviter tous risques d'endommager leurs précieux équipements, feront que la perturbation des communications sera plus importante, et les coupures de transmissions significativement plus longues.

Tout absorbé par les annonces du vocaliseur, et les détails techniques qu'il fournit, Ugo joue machinalement, sans grande attention. Ce qui lui est fatal, et il en prend conscience lorsque Bee annonce, avec un petit gloussement : "Mat".

Ils s'éloignent alors tous deux dans la coursive, en agrippant les robustes poignées disposées sur les montants de la cloison, jusqu'à la cabine de Bee. De l'autre côté du couloir, à travers la porte fermée de celle de Luka, ils entendent, par-dessus le murmure de la ventilation, des voix, des rires.

La nuit sera douce.

Mission Erendiz
Le jeudi 03 mars 2044, à 08h42 UTC

Foy est vautrée devant le grand écran, un bulbe de jus d'orange de Floride dans une main, l'autre voletant sur la tablette tactile de commande du CyberCerveau.

Devant elle, des tableaux de zéros et de uns, qu'elle organise dans l'espace de diverses manières. Les dernières données récoltées, dont le transfert a commencé il y a une semaine. Les curieux fichiers composés de 32 blocs que les spécialistes n'ont pas encore pu décoder. Elle essaie de comprendre, de penser autrement que ne le font les puissants CyberCerveaux à la logique implacable et à la mémoire prodigieuse. Imaginer, rêver, faire appel à son intuition…

A côté d'elle, en face de l'écran secondaire, Ugo relit les rapports reçus les derniers jours, décrivant ce que l'on sait des Esprits.

Des êtres que les experts terrestres hésitent de plus en plus à appeler des animaux. Ou du moins, à les considérer comme plus animaux que nous. Même si, à travers nos lorgnettes anthropocentriques, nous les voyons comme des espèces de dinosaures primitifs, qui seraient pourvus d'un cerveau extraordinaire.

Depuis que le portrait des Esprits s'est précisé, l'intérêt du public, qui suivait avec passion les péripéties de la mission Erendiz, est encore monté d'un cran, et les commentaires, les rumeurs, les opinions s'échangent à une échelle inédite depuis la fin du chaos en 2033[6]. Les représentations des Esprits, certaines très fantaisistes, circulent sur tous les média. Les enfants s'échangent des statuettes fabriquées sur les reproducteurs 3D domestiques, et les premiers robots Esprits descendent dans les rues.

On en sait pourtant encore si peu à leur sujet, si ce n'est qu'ils étaient des parareptiles, une branche éteinte d'êtres terrestres évolués, cousins éloignés des lézards actuels, peut-être des tortues. Qui évoluaient dans un monde peuplé d'animaux aujourd'hui disparus, de grands herbivores massifs, de carnassiers agiles. Dans des forêts de conifères et de fougères géantes, de prêles et de ginkgos.

Bien sûr, des chapitres entiers de l'Encyclopédie de l'Astéroïde ont été décodés, et seuls subsistent encore dans l'ombre des passages incompris, des descriptions étranges, des paragraphes qui semblent

---

[6] Guerre Globale : voir l'article de Wikicycla, page 353

consacrés à des idées abstraites, des considérations philosophiques, morales ou peut-être même religieuses.

On commence aussi à comprendre ce qui a précipité leur chute, dans un monde qui s'enfonçait depuis longtemps déjà dans un cataclysme écologique.

Mais, malgré tout ce que l'on a appris, ce que l'on a deviné, l'essence des Esprits… leur "esprit" reste hors de portée.

Ugo parcourt un rapport expliquant les tentatives de reconstitution des grandes lignes du génome des Esprits, basées sur l'étude approfondie du squelette qu'a dévoilé la grande image tridimensionnelle il y a une semaine, et les comparaisons morphologiques qu'elle permet, avec des espèces éteintes et des espèce actuelles dont on connait l'entièreté du patrimoine génétique.

Sur l'écran, des blocs de lettres, des symboles, qui décrivent les chaînes d'ADN des chromosomes de reptiles qui pourraient être apparentés aux Esprits. Des groupes de bases nucléiques, Guanine, Cytosine, Thymine, Adénine… G, C, T, A …

Ugo retient sa respiration, soudain. Il est comme pris d'un vertige. … Mais … Mais oui !

Son regard passe au grand écran, devant lequel Foy, plongée dans une rêverie, est toujours installée devant de grands tableaux de données binaires.

"Foy ! Le génome des Esprits !"

Elle lève la tête, le regard un peu absent, puis étonné. Le génome des Esprits. Ses yeux glissent vers le petit écran.

Elle comprend.

Les trente-deux blocs : trente-deux chromosomes ! Les mystérieux fichiers sont la description de l'ADN des Esprits ! Leur identité !

Tout devient clair : les zéros et les uns, sans ordre apparent, sont un codage en binaire des bases nucléiques, G, C, T, A … le support de l'hérédité de tous les êtres vivants sur Terre.

Les Esprits nous ont communiqué une description complète de leur patrimoine génétique… Et les nombreux fichiers, qui ne diffèrent que très peu entre eux, correspondent probablement à des individus différents.

"Analyse !" clame Bee.
Presque instantanément, Dan/QR503AV[CyBrain] répond que le décodage est déjà terminé.
Et qu'il vient de le confirmer, en en comparant des séquences marquantes avec le génome connu de 3 espèces de lézards et 2 espèces de tortues. Tout cela sans avoir besoin d'en référer à la Terre, simplement en puisant dans la mémoire encyclopédique du CyberCerveau.
Ugo et Bee, très excités par leur trouvaille, vont en faire part à Foy et Luka, tandis que Dan/QR503AV[CyBrain] transmet la nouvelle aux stations terrestres au sol, qui la relaieront vers Lagrange 4, que la conjonction empêche de communiquer directement.

Le délai de transmission s'est beaucoup réduit, et maintenant que l'arrivée du vaisseau est proche, il faut moins de deux minutes pour que parviennent, de l'équipe d'analystes répartis dans de nombreuses bases sur Terre, disséminées sur tous les continents, un torrent unanime de félicitations. On peut toutefois deviner, dans la formulation des éloges qui parviennent à Ugo, une nuance de frustration : ils n'ont pas su, malgré l'énormité des moyens mis en oeuvre, découvrir ce que la petite équipe perdue à encore une quinzaine de millions de kilomètres a mis à jour.

Foy et Luka, Bee et Ugo, qui profitent dès qu'ils le peuvent des bonnes choses de la vie, célèbrent joyeusement la trouvaille d'Ugo. Pendant ce temps, les résultats de l'analyse du, ou plutôt des génotypes des Esprits parviennent à Dan/QR503AV[CyBrain] qui en distille un condensé à ses compagnons humains.

Les données correspondent bien à la description complète du patrimoine génétique de quelques dizaines d'individus, et la liste s'allonge tandis que l'Anomalie continue à déverser des fichiers. Il s'agit bien, de toute évidence, d'une seule et même espèce, très homogène. La détermination de leurs sexes est génétique, sur le même mode que celle des oiseaux et de certains reptiles actuels : c'est la femelle qui détermine le sexe de la progéniture, et non le mâle comme chez les mammifères.

Ils se sont rassemblés tous les quatre près des hublots qui leur permettent de regarder, à l'intérieur du grand sas n°2, la forme noire et pointue de 2043KP33, totalement immobile entre les bras articulés qui la maintiennent. Les projecteurs qui la baignent de lumière crue lui fournissent l'énergie qui lui a permis, jour après jour, mois après mois, d'émettre sur la fréquence de la raie de l'Hydrogène un signal modulé dont la teneur est en train de changer le monde des humains.

Bientôt, la Terre. Le ciel bleu. La caresse du vent, de la pluie. L'odeur de la forêt et celle des fleurs. L'astéroïde 2043KP33, qui a bouleversé leur mission, et leur vie, sera livré entre des mains inquisitrices qui tenteront de percer tous ses secrets.

Pour l'Humanité. Il faut l'espérer.

www.lesesprits.fr/16mars2044

Résurrection

Ils sont quatre, sous la cloche de verre, baignés de la lumière chaude que diffuse le projecteur infrarouge placé juste au-dessus.

Le laboratoire est presque silencieux, et l'on ne perçoit que le bruit doux de la ventilation. De temps en temps, un biologiste s'approche à pas feutrés sur ses semelles de caoutchouc pour voir de ses yeux, comme religieusement, ce que les caméras regardent depuis plusieurs semaines déjà, et que diffusent en médaillon, dans le coin droit de tous les écrans, les sept CyberCerveaux de la station.

Depuis, dès avant le retour de la mission Erendiz vers Lagrange 4, à la mi-mars, il y a eu de houleux débats, jusque dans les plus hautes sphères du Conseil des Nations. Et depuis fin avril, lorsqu'un consensus a été adopté, tous les experts se sont entraidés. Et plus que jamais, tous ont pu constater les bénéfices du Free Information Act.

En quelques semaines seulement, les meilleurs séquenceurs/synthétiseurs ont été acheminés vers Lagrange 5, et les plus éminents experts en génie génétique ont afflué vers la station. Des segments de génome des reptiles les plus primitifs que la Terre porte encore ont été collés, épissurés, inversés, dupliqués, découpés.

Des bactéries ont été mises à contribution, mutées, triturées pour leur faire fabriquer de longues chaînes d'ADN qui ne correspondent à celles d'aucun animal vivant.

Pendant ce temps, sur Lagrange 4, le vaisseau qui avait été conçu pour visiter une Lune de Jupiter, et qui, par un miraculeux hasard, a croisé la route de l'Anomalie, est arrimé dans le prolongement de l'axe de rotation de l'immense station orbitale, qui tourne comme un grand manège. Un sas à joint rotatif a été mis en place pour que l'ensemble du vaisseau Erendiz puisse ne pas tourner avec la station. De cette manière, 2043KP33, toujours prisonnier du sas n°2, a pu une fois de plus se réveiller après son extinction lors de l'accélération du vaisseau, nécessaire à son rendez-vous final avec Lagrange 4.

Depuis des mois, le cône maintenant redevenu noir récapitule tout ce qu'il a déjà transmis lorsque Erendiz orbitait loin de la Terre et on n'en est pas encore au stade, à ce jour, où l'on peut espérer de nouvelles données.

Après des débats enflammés, il a été décidé qu'on tenterait tout de suite de nouveaux tests sur la mystérieuse matière noire dont est faite l'enveloppe externe de l'Anomalie. Malgré le risque, jugé minime, d'actions destructrices ou irréversibles. Des analyses, des prélèvements, guidés par ce qu'on a appris en décodant l'Encyclopédie de l'Astéroïde.

Jusqu'à présent, toutefois, tous les essais se sont avérés infructueux. La dureté de la coque surpasse celle du diamant, et les seules informations qu'on a pu obtenir corroborent ce que les occupants du vaisseau ont glané lors des premiers essais, en orbite : la matière étrange, tantôt blanche, tantôt noire, est majoritairement composée de carbone. Comme le diamant.

Pendant ce temps, de puissants cerveaux électroniques tentent de combler les parties qui restent incomprises dans le volumineux ensemble de données récupérées durant le voyage.

Ce qui concerne les concepts matériels, concrets, techniques, mathématiques n'a pas posé aux CyberCerveaux de difficultés majeures, dès lors que les clés de déchiffrage ont été découvertes et confirmées.

Mais les meilleurs experts, humains et non-humains, trébuchent sur des passages dont le degré d'abstraction les dépasse. Il leur semble que de puissantes pensées philosophiques ont été débattues il y a 252 Millions d'années, par des êtres aussi différents des humains que ce qu'on pourrait attendre d'une espèce intelligente née de l'autre côté de la Galaxie. Chez nous… Sur Terre… Sur une Terre bien différente, un super-continent dont la faune et la flore étaient en train de mourir, la Pangée.

Pendant que les penseurs humains s'interrogent et se demandent quelles seront les répercussions, sur le cours des civilisations humaines, de la découverte des Esprits, sur Lagrange 5, situé 60° en arrière de la Lune sur son orbite, dans le laboratoire le plus interrogé, le plus observé de l'humanité, les savants attendent.

Dans la coupelle de quartz, sous la cloche de verre, sous le projecteur infrarouge, les quatre oeufs de varan sont immobiles.

Les biologistes sont assez vite tombés d'accord sur l'utilisation d'oeufs de varan de Komodo, Varanus Komodoensis, un énorme lézard, dont les caractères archaïques et la taille des oeufs sont appropriés à l'expérience cruciale qui se déroule dans le laboratoire.
Ce ne sont pas des embryons de varans dans les oeufs. Les petits êtres, encore minuscules et vermiformes lorsqu'ils ont été insérés, sont des créations. Des assemblages. Des êtres vivants de synthèse.

Maintenant, c'est l'heure. Les sondes qui surveillent la couvée ont discrètement donné l'alerte, et de nombreux yeux se sont braqués sur les quatre boules grises. Ici, dans le laboratoire, un petit nombre de privilégiés se pressent.
Mais aussi dans toute la station, et au-delà, sur la surface de la planète, dans les bases lunaires, sur les deux bases martiennes, dans les vaisseaux en transit, avec le retard de transmission qu'impose la distance, des yeux observent la coupelle de quartz dans laquelle quelque chose a bougé.
L'enveloppe d'un oeuf commence à se déchirer.

Une espèce de bec corné s'insinue dans la fente, et peu à peu, écarte les lèvres de sa prison.

Les observateurs retiennent leur souffle, et un petit être apparaît, à la peau grise et encore humide, une grosse tête avec des yeux immenses, verts, fendus verticalement d'iris noirs d'encre.

Qui regarde, regarde.

Après 252 millions d'années d'oubli, un Esprit est né.

Annexe

L'encyclopedie Wikicycla

Le lecteur trouvera ci-après des articles de la célèbre encyclopédie Wikicycla, qui illustrent et documentent la Trilogie des Esprits.

Ce corpus de documents ne représentant qu'une infime part de l'encyclopédie. Certains des articles ci-après renvoient vers d'autres articles non fournis ici.

Guerre Globale

Mis à jour le 03/03/2042 par Deuko/596MOL3[Historien]

La Guerre Globale

- Date de début du conflit   30 mars 2029 à 04h03 UTC
- Date de fin du conflit   30 mars 2029 à 04h10 UTC
- Nations impliquées   Toutes
- Victimes durant le conflit   238 000
- Victimes suite au conflit   8 102 589 000
- Fin des troubles   été 2033

Le terme "Guerre Globale" désigne le conflit planétaire qui a opposé pendant une durée très courte (7 minutes) tout d'abord l'Inde au Pakistan, puis, par effet domino, l'ensemble des nations.

Le conflit s'est caractérisé par un écroulement total de tous les systèmes de télécommunication, de contrôle des véhicules et des machines, des armements, ainsi que de tous les objets nomades d'assistance à la personne : Communicateurs, CyberCerveaux portatifs, prothèses bioniques, etc…

Les victimes immédiates pendant les sept minutes qui sont la durée effective du conflit, c'est-à-dire lorsque les belligérants étaient actifs, ont été beaucoup moins nombreuses que celles causées plus tard, dans les mois qui ont suivi, par l'interruption totale et prolongée de l'approvisionnement en énergie, en eau et en nourriture, l'arrêt de tout transport et de toutes les télécommunications, des services de santé, l'immobilisation totale de l'armée et de la police, etc…

Il s'en est suivi des famines et des épidémies terribles, des affrontements et des rapines, une totale instabilité sociale, qui ont fait en trois ans chuter la population mondiale de neuf milliards d'habitants à 930 millions d'habitants seulement.

Sommaire

1. Causes de la Guerre Globale
2. Déroulement et mécanismes
3. La période de chaos
4. La réorganisation
5. Conséquences politiques et sociétales

1. Causes de la Guerre Globale

Les raisons premières du conflit sont à chercher longtemps avant son éclatement réel. Plusieurs foyers potentiels de violence menaçaient de dégénérer en affrontements un peu partout dans le monde depuis des décennies. Leurs causes profondes, parfois combinées étaient

- Les séquelles plus ou moins lointaines du colonialisme et du néo-colonialisme européen, puis nord-américain, puis chinois (principalement en Afrique).
- Les disparités économiques considérables entre des nations "tertiaires" subsistant sur des acquis financiers et technologiques vieillissants et des positions dominantes de plus en plus difficiles à légitimer, et des nations "actives" exploitant les richesses minérales et agricoles, et produisant des biens manufacturés, à des coûts rendus possibles par les salaires modiques et l'indigence de leurs couvertures sociales publiques.

- Des querelles parfois pluriséculaires, motivées, à tord ou à raison, par des différences culturelles, ethniques, religieuses, prétextes à des vues hégémoniques, à des revendications territoriales, et à l'accaparement des ressources.

L'élément déclencheur du conflit a été un des multiples affrontements qu'ont connus, depuis leur création en 1947, l'Inde et le Pakistan.

2. Déroulement et mécanismes

Le 30 mars 2029, à 04h03 UTC précisément, les services secrets indiens ont, en réponse au bloquage à distance par le Pakistan d'un des principaux serveurs de données du sous-continent, réveillé les logiciels malveillants infiltrés depuis plus de dix ans dans tous les ordinateurs publics pakistanais. Il en a résulté, moins d'une minute plus tard, le crash de deux avions de ligne en phase d'atterrissage, l'un a Karachi, l'autre à Islamabad.

La montée de la violence fut immédiate, provoquée pour partie par les systèmes de riposte automatiques mis en place depuis des années.

Dès 04h07 UTC la presque totalité du continent asiatique était immobilisée par une armée de logiciels espions implantés à tous les points névralgiques : le trafic routier, aérien et ferroviaire arrêté, des avions en perdition sans plus aucun système de navigation en ordre de marche, les télécommunications muettes, les réseaux de distribution d'énergie défaillants.

En un temps extrêmement court, tout le tissu complexe de logiciels interconnectés et imbriqués au niveau mondial, dans tous les domaines de l'activité humaine, s'est trouvé paralysé, soit directement par le jeu des interactions licites et normales, soit, en dépit de toutes les protections, par l'action des virus informatiques, des "chevaux de Troie" et autres "malwares" installés depuis des décennies dans tous les systèmes sensibles.

A 04h10 UTC, tout était déjà terminé, car plus aucun lien informatique ne reliait les serveurs disséminés sur tous les continents. Les serveurs eux-même, faute d'alimentation électrique, leurs systèmes de secours également immobilisés, devenus inutiles, ne pouvaient plus interconnecter les aiguillages numériques qui permettaient aux grands centres urbains de fonctionner.

Faute d'énergie, car les centrales se sont éteintes, les transports, l'industrie, les télécommunications s'arrêtèrent, de même que les réseaux de chauffage, de ventilation, de drainage.

Tous les systèmes d'assistance aux personnes, les services de la santé, les implants bioniques, les prothèses intelligentes se sont figés. Des gens s'écroulèrent dans la rue, leur pacemaker télécontrôlé devenu fou.

Des dizaines de milliers de personnes perdirent la vie dans des avions, des véhicules, des hôpitaux, tuées par des machines devenues incontrôlables, noyées par l'ouverture inopinée de vannes de barrages, etc…

A part des accidents dû indirectement à la disparition de tous systèmes de pilotage informatique, très peu d'armements sont entrés en action dans le conflit.

3. La période de chaos

L'effondrement de toutes les activités d'approvisionnement en énergie, en eau et en alimentation a provoqué, dans un monde essentiellement urbain, le décès de milliards d'individus en quelques semaines. L'isolement total des populations, sans aucun moyen de communication autre que le bouche-à-oreille, sans moyens de transport que leurs pieds, provoqua des nombreux soulèvements, des guérillas et des comportements allant du cannibalisme aux exécutions sommaires à l'arme blanche. Des maladies depuis longtemps oubliées, le choléra, la dysenterie, la peste décimèrent les survivants.

Les habitants des villes qui ont tenté de quitter les grandes métropoles ne trouvèrent que désolation sur leur passage, et les régions entourant les zones les plus densément peuplées furent le théâtre de vols et de rapines, et d'actes de barbarie.

Dans les régions du monde plus reculées, celles, très rares, où subsistait une polyculture vivrière, des sociétés traditionnelles ont pu résister plus longtemps aux fantastiques changements, lorsque leur éloignement des zones initialement les plus peuplées les mettaient à l'abri de l'incursion de bandes affamées.

Dès mai 2031 cependant, des communautés isolées qui ont pu survivre rétablirent des axes et des centres informatiques, des communications à l'échelle locale, une industrie.

Les productions agricoles et manufacturières redémarrèrent peu à peu, et des groupements linguistiques et ethniques se reconstituèrent. Début 2032, des gouvernements provisoires se mirent en place, et les famines finirent par être jugulées.

4. La réorganisation

Un rééquilibrage des poids démographiques des différentes parties du monde s'est ainsi opéré. Les vieilles frontières, qui ne sont pas oubliées, car consacrées par des siècles d'usage, sont globalement conservées, mais la carte géopolitique globale a été redessinée. Ce redécoupage permit à des nations séparées par l'histoire, mais proches culturellement, de s'associer, et il démembra des entités politiques qui étaient dépourvues de bases culturelles.

Alors que se redéfinissaient les affinités et les intérêts, un Conseil des Nations vit le jour.

Vers le milieu de l'année 2034, un monde meurtri s'est relevé, constitué principalement de deux grands blocs en compétition économique, NATO (Essentiellement l'Europe Occidentale jusqu'à l'Oural, et les Amériques, mais aussi le Magreb et le Proche-Orient), ASIA (L'Asie à l'Est de l'Oural, le Pacifique à l'exception de l'Australie et de la Nouvelle-Zélande) et l'UNAFRI qui regroupait l'ensemble des pays africains subsahariens. Quelques nations "non-alignées" furent représentées directement au Conseil des Nations.

Une des premières tâches du Conseil des Nations fut de proposer un ensemble de lois universelles permettant, si toutes les nations le souhaitent, d'éviter à l'avenir un cataclysme comme celui dont sort tout juste l'humanité.

Contrairement aux prédictions pessimistes des historiens qui ont évoqué les échecs patents des tentatives précédentes de gouvernance mondiale (la Société des Nations, l'ONU…), l'adhésion au Conseil des Nations a été totale, car toute velléité qu'aurait eu une nation de ne pas s'y soustraire aurait provoqué immédiatement une attitude d'ostracisme, fatale au trublion.

5. Conséquences politiques et sociétales

Les conséquences de ce conflit sur la société humaine ont été profondes, et le traumatisme, unique dans l'histoire connue, a permis d'envisager, sur les ruines d'un monde révolu, des structures et des institutions nouvelles.

En particulier, une profonde méfiance dans l'emploi des informations, de leur traitement, de leur commerce, qui ont amenés avec eux tous les outils permettant de voler, contrôler, manipuler, falsifier les données, a ouvert la voie à une reconsidération complète du statut de l'information et de son partage.

Lorsque le Conseil des Nations a proposé fin 2036 le Free Information Act et le Private Data Act, le Monde était prêt pour les accueillir et les approuver.

Parallèlement, les milliards de morts ont indirectement et tragiquement résolu l'immense problème de l'insuffisance croissante des ressources, dû à la dégradation des biotopes et à l'explosion démographique.

(Cf : *fr/wikicycla.org/free_information_act*)

(Cf : *fr/wikicycla.org/private_data_act*)

Au sortir du chaos qui a fait suite à la Guerre Globale, la Terre ne comptait plus que 930 millions d'habitants, munis, malgré la destruction ou la dégradation de beaucoup d'infrastructures pendant et après le conflit, de moyens technologiques encore considérables.

Lorsque le Conseil des Nations a proposé le One Billion Act, qui prévoyait de limiter la population humaine à un milliard d'individus, par contrôle des naissances, la loi a été adoptée, malgré des résistances éthiques ou religieuses.

(Cf : *fr*/wikicycla.org/one_billion_act)

Free Information Act

Mis à jour le 07/12/2042 par Cato/M2F5LOM[rédacteur]

Free Information Act

Résolution de portée planétaire adoptée à l'unanimité par le Conseil des Nations le lundi 22 septembre 2036, avec application immédiate. Ce Traité Universel a été ratifié par les représentants de NATO et d'ASIA, ainsi que par tous les non-alignés, parmi lesquels l'organisation de l'Unité Africaine UNAFRI.

Ce Traité Universel, qui prend sa source dans les conséquences apocalyptiques du conflit généralisé de la Guerre Globale du 30 mars 2029, fixe les règles de partage des informations non privées entre les gouvernements, les institutions gouvernementales et locales, et toutes les entités commerciales, politiques ou associatives. Le Traité stipule l'obligation faite à chacun de mettre à disposition de la communauté humaine toutes les informations scientifiques, techniques, démographiques, médicales, politiques et administratives, ou de toute autre nature, à l'exception des données personnelles telles que définies par le Private Data Act, ratifié le même jour.

(Cf : *fr/wikicycla.org/guerre_globale*)

(Cf : *fr/wikicycla.org/private_data_act*)

Selon les termes de Traité, les informations concernées doivent rester totalement gratuites. Le coût de leur transfert/acheminement/ conversion de format reste cependant à la charge du destinataire.

Sommaire

1. Contexte historique et géopolitique

Après l'effet cataclysmique de la troisième guerre mondiale, communément nommée Guerre Globale le tout nouvellement constitué Conseil des Nations a promulgué une série de mesures, tirées des conclusions de l'analyse des causes du conflit, visant à éviter l'accumulation de risques qui pourraient conduire à un nouvel événement planétaire de ce type.

Tout particulièrement dans le contexte de l'échange, de la propagation et de la rétention des informations, il a paru évident aux commissions qui se sont réunies pour préparer une législation planétaire que le pouvoir devenu autonome et supranational des gestionnaires de l'information, toujours plus grand depuis un demi-siècle, est une des causes primordiales du conflit, beaucoup plus que l'appropriation de ressources matérielles ou énergétiques.
L'absence de transparence des données, et la capacité qu'avaient ceux qui savent les manipuler à les voler, les cacher, les dévoyer ou les

détruire à conduit à une prolifération de logiciels espions, de système opaques de cryptage, de bases de données confidentielles.

Les analystes et les penseurs du début du vingt-et-unième siècle ont longtemps pointé du doigt l'influence qu'ont eu la marchandisation des données, leur thésaurisation, leur manipulation, sur les fondements du tissu social, sur les libertés individuelles, et bien sûr sur la vie économique et politique. Depuis le début du siècle, les scandales d'espionnage informatique, le trucage des bases de données, le fichage systématique des citoyens, tant par les appareils institutionnels que les puissances marchandes, ont démontré la nécessité de reconsidérer la création, la circulation, le stockage, l'utilisation et la divulgation des informations.

Ce n'est toutefois qu'après le grand conflit global que la portée de ces questionnements a pris toute sa signification.

L'obligation d'imposer, au niveau planétaire, l'accès le plus libre possible à l'ensemble du savoir humain, non seulement pour ce qui est des données déjà acquises, mais aussi du flux de données constamment produites, est apparue aux représentants de l'ensemble des nations terrestres comme un préalable indispensable.

Une conséquence évidente, pour que cette mesure soit applicable indépendamment des ressources économiques des citoyens et des collectivités, en est la plus totale gratuité. L'abandon de notions désormais obsolètes, comme la Propriété Industrielle, le secret bancaire, la vente de fichiers, de logiciels, etc… devient alors un prérequis.

Corolairement, une définition claire de ce qu'est la vie privée et des informations qui s'y réfèrent a dû être repensée, explicitée, et codifiée dans des textes de référence.

2. Résolutions du Conseil des Nations de 2036

Après la période de chaos (30 mars 2029 - été 2033) qui a suivi la très courte Guerre Globale, ce qui restait des structures étatiques préexistantes s'est progressivement réorganisé autour d'alliances économiques, sur un substrat culturel. La réorganisation de et la constitution d'ASIA accompagnés du démembrement de l'ex-Russie et de la consolidation de l'Union Africaine, l'UNAFRI ont redessiné un monde constitué principalement de deux grands blocs en antagonisme économique et culturel.

Afin de garantir la paix sur une planète aux ressources très éprouvées, le Conseil des Nations a proposé un nombre restreint de mesures fortes, qui, en dépit les pronostics pessimistes de la majorité des observateurs, ont été acceptées.

Un ensemble de 12 textes fondateurs du Nouveau Droit Universel, a été ratifié entre le 22/09/2036 et le 31/12/2036 dont les plus marquants sont:

- Le "Free Information Act"
- Le "Private Data Act"
- Le "One Billion Act"

C'est le 30 septembre 2036 qu'ont été solennellement ratifiés le Free Information Act et le Private Data Act, les deux premiers documents législatifs appliqués à la totalité de l'Humanité.

3. Champ d'application du Free Information Act
3.1. Informations concernées

Afin d'éviter que le Traité ne puisse être contourné, à cause d'un énoncé qui serait imprécis ou sujet à une interprétation dépendant du contexte culturel, politique ou géographique, le texte concerne la totalité des informations et des données, sous toutes leurs formes, sans distinction de nature ni de provenance, et ne prévoit une exception que pour celles relatives la sphère privée, qui sont définies dans un texte séparé.

(Cf : *fr/wikicycla.org/private_data_act*)

Il stipule donc en particulier que le partage gratuit et universel des données s'applique à tous les types d'informations :

- fichiers informatiques en tous genres
- images et hologrammes fixes, videos et holocinéma, 2D, 3D et 3D+
- musique, enregistrements audio sous toutes les formes, olfactogrammes et tactogrammes
- génotypes naturels et synthétiques
- programmes, protocoles, algorithmes
- Et toutes autres informations qui ne rentreraient pas dans le cadre des données privées, au sens que leur donne le Private Data Act

L'énoncé du Free Information Act implique que ces informations, sous toutes leurs formes, sont la propriété universelle et inaliénable de tous les Humains.

3.2.<u>Mise à disposition des informations</u>

Le détenteur d'une information mise à disposition d'autrui n'est pas, pour des raisons pratiques de volumes à traiter, tenu d'en informer l'éventuel utilisateur. Il doit cependant être en mesure, soit parce que l'information a été pré-conditionnée à cet effet, soit par le moyen d'un convertisseur "à la volée", de la fournir sur simple demande, sans exigence de justification de cette demande.

Il est en droit d'en refuser la cession s'il est en mesure d'apporter la preuve qu'elle rentre dans la catégorie des informations privées, au sens strict (Cf : fr/wikicycla.org/private_data_act).

Le détenteur doit fournir l'information réclamée soit sur un support physique (bloc-mémoire de type Biomem ou conventionnel, ou tout autre) ou la rendre disponible sur un des 10000 Cyber-Serveurs disséminés sur la planète, ou par tout autre moyen accepté par le destinataire. Les coûts inhérents au transfert (support physique, manutention, coût de fonctionnement des serveurs et des transmissions) sont à la charge du destinataire, mais font l'objet d'un plafonnement légal.

La compression des données est autorisée et préconisée, dès lors que l'expéditeur fournit l'outil standard de décompression lors du transfert.

4. Gestion et régulation

4.1.Indexation

Afin de rendre identifiable et traçable une information, il lui est attribué obligatoirement des balises de repérage, des mots-clés, des marqueurs permettant son indexation et sa visibilité pour les moteurs de recherche.

En particulier, dès qu'une personne est concernée ou citée, les données la concernant doivent mentionner son Personal ID, son Numéro Universel d'Identité (Cf *fr/wikicycla.org/personal_id_act*) ainsi que le marqueur déterminant s'il s'agit d'une information privée ou non.

Si l'envoi comprend des données personnelles lors d'un transfert d'information, l'expéditeur doit s'assurer que le propriétaire de ces informations, selon la classification de celles-ci, donne consentement ou est simplement averti.

4.2. Rétroactivité

La question de la rétroactivité du décret d'application de la loi s'est posée avant même sa promulgation.

Le Conseil des Nations a estimé que la tâche consistant à formater et indexer toutes les informations de toutes les bibliothèques, bases de données, pinacothèques, cinémathèques et autres lieux de stockage, représenterait une tâche dont l'ampleur considérable compromettrait la mise en application rapide de la loi. En conséquence il a été décidé que seules les données personnelles seraient soumises à un traitement rétroactif.

Leurs détenteurs ont le choix entre les détruire, ou demander aux personnes considérées leur autorisation pour les conserver. Bien évidemment, comme il est beaucoup plus compliqué et coûteux de demander d'innombrables autorisations aux personnes dont on a, souvent à leur insu, stocké et fiché des données personnelles, que de simplement les détruire alors qu'il n'est que marginalement intéressant de les garder, la majeure partie des fichiers accumulés a été simplement détruite.

Les observateurs, issus d'instituts privés aussi bien que d'administrations publiques, estiment toutefois que le taux de fraude n'a pas été négligeable, et que probablement, en l'absence d'un dispositif efficace de contrôle à l'échelle mondiale, qui aurait été de toute manière très difficile à déployer, de nombreux fichiers contenant des données privées n'ont pas été ouverts.

Les instances en charge du respect du Private Data Act estimèrent que l'effort de contrôle et de régulation devait prioritairement être porté sur les nouvelles données privées, au fur et à mesure de leur création.

4.3. Swamping

La mise en place du Free Information Act a été une opération difficile, qui a suscité de vives réticences de la part des industriels et des états. Toutefois, la non-rétroactivité de la loi, qui dispense les services secrets de révélations embarrassantes lorsqu'il s'agit d'informations portant sur des groupements humains, a largement contribué à ce que les gouvernements se mettent en conformité.

Mais dans ce cas précis, du fait d'un flou juridique portant sur la nature réellement privée d'informations mettant en interaction un individu et un état par exemple, la divulgation des documents estampillés "Secret Défense" n'a fort probablement été que très partielle. Sous couvert de non rétroactivité, ceux dont le statut restait ambigu ou indécidable, sont restés confidentiels.

De la même manière, le maintien, en vertu de la non-rétroactivité, des secrets de fabrication et des brevets déjà déposés, a abouti à ce que les entreprises se plient aux nouvelles lois de bon gré.

Le contournement de la loi a toutefois fait son apparition très vite, sous forme d'une technique nommée "swamping" qui consiste à noyer, à enterrer les moteurs de recherche sous d'innombrables données à faible contenu informatif, mais riches en mots-clés et en marqueurs spécifiques. L'information pertinente est ainsi perdue dans un océan d'informations neutres et inintéressantes, qui égarent les recherches.

En réponse à ces manoeuvres de contournement, des moteurs de recherche de plus en plus sophistiqués savent trouver les organes générateurs des informations neutres de swamping et les déjouer.

5. Conséquences politiques et sociétales

Le Free Information Act, bien qu'il soit encore récent, a déjà eu des conséquences majeures.

La levée de tous les secrets militaires, industriels, administratifs et financiers a d'ores et déjà abouti à la totale obsolescence des armées, dont l'inutilité a déjà été largement démontrée par le déroulement, les causes et les conséquences de la Guerre Globale du 30 mars 2029.

Les paradis fiscaux, démantelés par le conflit, et qui tentaient déjà de se reconstituer n'ont plus pu, dès le lendemain de la promulgation des nouvelles lois, trouver de clients.

Les compétitions, inhérentes à la nature humaine, et rendues possibles par l'opposition de grands blocs quasi-continentaux comme ASIA et NATO qui rivalisent dans les domaines de la connaissance, de la science fondamentale, de l'excellence industrielle, et du commerce, se retrouvent uniquement sur le terrain de la qualité du travail, de l'intelligence de l'organisation, ainsi que de l'utilisation judicieuse des ressources qui leur sont disponibles.

La recherche fondamentale et appliquée, privée et publique, dont les trouvailles ont soudainement perdu toute valeur marchande directe de par la gratuité obligatoire de tous les résultats, et qu'on a crue un moment menacée dans son essence et dans ses financements, s'est en fait trouvée revivifiée par le changement de paradigme.

En effet la recherche s'est avérée être le seul moyen efficient d'améliorer, dans une progression constante, les procédés industriels, la connaissance du monde, les outils informatiques. L'utilisation concrète et rapide d'un résultat disponible par tous, et la divulgation, au fur et à mesure, de tous les progrès réalisés, loin de décourager les compétiteurs, n'a fait qu'améliorer leur efficacité.

Il en a ainsi résulté un considérable allègement et une simplification des procédures administratives chronophages, qui dans le passé, allongeaient considérablement le délai entre la production ou la découverte d'une idée, d'un concept nouveau, et leur exploitation industrielle. La rétention d'information n'étant plus possible, l'efficacité s'est dorénavant mesurée à la rapidité de réalisation, et l'avantage pris par celui qui met le premier un produit ou service sur le marché.

Par ailleurs, la totale transparence des informations, des résultats de tests, des évaluations des produits finis, est immédiatement devenue un garde-fou contre une baisse de qualité qui aurait pu, en l'absence d'un élément régulateur rétroactif, résulter du raccourcissement des procédures.

Du point de vue social, la redéfinition de la sphère privée, dont le périmètre a été, tout au long de la fin du XXème siècle et du début du XXIème, érodée par des nouvelles technologies très invasives et mal comprises, a reprécisé la hiérarchie, indispensable à l'équilibre psychique, entre le public, le social et le privé, en y raccrochant une hiérarchie des informations, perdue depuis au moins les années 2010.

Private Data Act

Mis à jour le 09/12/2042 par Cato/M2F5LOM[rédacteur]

Private Data Act

Résolution planétaire adoptée à l'unanimité par le Conseil des Nations le lundi 22 septembre 2036, avec application immédiate. Ce Traité Universel a été ratifié par les représentants de NATO et d'ASIA, ainsi que par tous les non-alignés, parmi lesquels l'organisation de l'Unité Africaine UNAFRI.

Ce Traité est le corolaire du Free Information Act, adopté le même jour, et qui stipule que l'ensemble des informations non strictement privées est de plein droit à la disposition de tous les êtres humains. (Cf *fr/wikicycla.org/free_information_act*)

Le Private Data Act délimite le périmètre des informations de la sphère privée, en redéfinit l'inviolabilité, et réaffirme les droits inaliénables à la protection et à l'oubli.

Sommaire

1. Contexte historique et géopolitique

Après la Guerre Globale, le Conseil des Nations a promulgué une série de mesures, tirées des conclusions de l'analyse des causes du conflit, visant à éviter l'accumulation de risques qui pourraient conduire à un nouvel événement planétaire de ce type.
(Cf : *fr/wikicycla.org/guerre_globale*)

Tout particulièrement dans le contexte de l'échange, de la propagation et de la rétention des informations, il a paru évident aux commissions qui se sont réunies pour préparer une législation planétaire que le pouvoir devenu autonome et supranational des gestionnaires de l'information, constamment croissant depuis un demi-siècle, est la cause primordiale du conflit.

L'effacement subséquent, de facto, de la garantie de confidentialité des informations privées, collectées à l'insu des individus, manipulées et marchandisées à des fins commerciales ou politiques, a désagrégé la sphère privée.

La Commission d'Etude préalable à la rédaction des nouvelles lois mondiales a estimé que la libéralisation de la circulation des informations devait s'accompagner d'une redéfinition de la nature des informations privées, et à la mise en place de mécanismes sûrs pour en assurer le contrôle par leur détenteur.

Ainsi donc, complémentairement à la totale libéralisation des informations d'ordre collectif il a paru indispensable au législateur de confirmer et redéfinir le périmètre des informations privées, qui doivent échapper au Free Information Act.
(Cf : *fr/wikicycla.org/free_information_act*)

2. Résolutions du Conseil des Nations de 2036

Après la période de chaos (30 mars 2029 - été 2033) qui a suivi la très courte Guerre Globale, ce qui restait des structures étatiques préexistantes s'est progressivement réorganisé autour d'alliances économiques sur un substrat culturel. La réorganisation de NATO et la constitution d'ASIA accompagnés du démembrement de l'ex-Russie et de la consolidation de l'Union Africaine, l'UNAFRI, ont redessiné un monde constitué principalement de deux blocs principaux en antagonisme économique et culturel.

(Cf *fr/wikicycla.org/NATO*)
(Cf *fr/wikicycla.org/ASIA*)
(Cf *fr/wikicycla.org/UNAFRI*)

Afin de garantir la paix sur une planète aux ressources très éprouvées, le Conseil des Nations a proposé un nombre restreint de mesures fortes, qui, en dépit les pronostics pessimistes de la majorité des observateurs, ont été acceptées.

Un ensemble de 12 textes fondateurs du nouveau Droit Universel, a été ratifié entre le 22/09/2036 et le 31/12/2036 dont les plus marquants sont:

- Le "Free Information Act"
- Le "Private Data Act"
- Le "One Billion Act"

C'est le 30 septembre 2036 qu'ont été solennellement ratifiés le Free Information Act et le Private Data Act, les deux premiers documents législatifs appliqués à la totalité de l'Humanité.

3. Champ d'application du Private Data Act

Le texte définit les informations qui échappent au Free Information Act, et qui sont regroupées sous l'appellation "Données Privées".
En particulier, deux catégories d'informations sont considérées comme des Données Privées :

- les données personnelles privées (textes, images, videos, historique des interactions avec les serveurs publics ou privés, etc…)
- les données interpersonnelles privées (correspondances écrites, sonores, filmées, échanges dans le cadre d'un forum réputé privé, etc…). Ces dernières sont limitées à un cercle de 64 individus au maximum.

Les éléments de l'état-civil (Y compris bien sûr le Personal ID lui-même) ne font pas partie des Données Privées.
Une liste plus précise des données dites privées est fournie par l'article qui leur est consacré.
(Cf *fr/wikicycla.org/private_data*)

Afin de pouvoir trancher quant à la nature privée d'une information ou d'un ensemble d'informations, le législateur a prévu que son propriétaire présumé, s'il considère qu'elle lui appartient, et s'il veut éviter sa divulgation à des tiers sans son consentement, est tenu, sous couvert des moyens de cryptage et de sécurisation prévus par la loi, d'y adjoindre impérativement

- Son Personal ID (voir chapitre suivant)
- La mention "Private"

Dans le cas où les Données Privées émanent d'un tiers (comme par exemple un portrait holographique fait par un inconnu dans la rue), ce tiers est tenu par la loi de demander au sujet (la personne holographiée) si elle réclame le statut "privé " pour le cliché. Dans la négative l'image tombe sous le coup du Free Information Act. Dans l'affirmative l'image change de propriétaire par échange des Personal ID.

Dans la pratique cette procédure théorique et malcommode est remplacée par un procédé quasi-automatique (voir chapitre Gestion et Régulation/Identification).

Les données ainsi étiquetées ne pourront être copiées, transmises, divulguées, qu'avec le consentement de leur propriétaire. Dans le cas d'une information de type interpersonnelle privée, le consentement de tous les propriétaires est requis (par exemple expéditeur ET destinataire du courriel).

4. Le Personal ID

La nécessité de simplifier et de clarifier les nombreux procédés d'identification qui avaient cours avant la Guerre Globale (pièces d'identité, systèmes biométriques divers, puces sous-cutanées, etc…) a amené le législateur à envisager une identification unique, non ambiguë, commune à l'ensemble des Humains sans considération de nation.

La mise en place s'est faite progressivement dès 2034 par reconnaissance automatique au moyen des nouveaux modèles très performants d'identificateurs génétiques qui, par simple prélèvement d'ADN sur un cheveu, des squames de la peau, de la salive, etc… détermine rapidement une Signature Génétique Unique, associée à un Personal ID de 7 caractères alphanumériques (chiffres ou lettres majuscules en alphabet latin).

L'interdiction de la procréation gémellaire ou multiple prévue par le One Billion Act, s'est trouvée un moyen efficace de lever les éventuelles ambiguïtés de l'identification par la Signature Génétique Unique, qui aurait pu se trouver compliquée par la présence de jumeaux ou de triplets vrais (homozygotes).

(Cf *fr/wikicycla.org/one_billion_act*)

Pour l'identification des individus déjà nés au jour de la promulgation du One Billion Act, des informations complémentaires d'ordre épigénétiques, comme les empreintes digitales, palmaires ou, mieux encore, les empreintes rétiniennes ou celles des iris se sont avérées des techniques utiles.

Le Personal ID de 7 caractères alphanumériques, avec les 78 milliards de combinaisons possibles de ce code, permettent largement, tout en incluant un système de sécurisation (du type contrôle de parité), d'identifier n'importe lequel des individus de la planète.

Très rapidement, en l'espace de quelques années, l'habitude s'est installée de nommer une personne par son prénom, suivi de son Personal ID, et de n'utiliser le patronyme plus que dans des situations informelles. On parlera par exemple de Chloé Dupont en l'appelant Chloé/3U59HGF ou Chloé/3U59HGF[Infirmière], en précisant optionnellement sa profession.

5. Gestion et régulation
5.1.Identification

Dans la pratique courante, des outils se sont rapidement mis en place, qui dispensent le propriétaire d'une information de l'étiquetage "manuel" systématique de tout document ou fichier produit.
Lorsqu'il s'agit d'une information privée dont il est l'auteur (par exemple un texte qu'il rédige ou dicte) les appareils récents (cameras, dictaphones, traitements de texte, etc…) apposent automatiquement le Personal ID et la mention "Private" dans le fichier, sauf instruction explicite. Cette fonction est imposée depuis 2037 par le Universal

Standard Committee, pour tous les appareils de ce type. Dès lors qu'un fichier n'est plus privé, il se voit attribué l'étiquette "Public" tout en conservant le Personal ID de son auteur, et devient accessible à tous en vertu du Free Information Act.

Lorsque l'information privée est produite par un tiers, ce dernier ne peut la rendre publique qu'après un examen automatique, avant toute divulgation, par le système de Private Data Scanning, qui vérifie que le contenu n'est pas privé. Selon le Bureau Central du Private Data Act, il faut moins de 27 secondes aux CyberCerveaux et aux Systèmes Experts pour reconnaître un visage, une voix, un texte qui pourrait rentrer dans la catégorie des information privées.

5.2. Rétroactivité

La question s'est posée immédiatement, dès avant la promulgation du décret d'application de la loi, de sa possible rétroactivité.

Le Conseil des Nations est rapidement arrivé à la conclusion que l'application rétroactive systématique de ces mesures révolutionnaires est impraticable.

Toutefois, il a été décidé que chaque citoyen de la planète était en droit de demander que le système de Private Data Scanning examine tous le documents personnels éventuellement en ligne et de demander éventuellement leurs effacement total ou partiel.

Par ailleurs, un "Droit à l'Oubli" a été défini, qui stipule que tout être humain peut exiger l'effacement de toutes les données le concernant, antérieures à son adoption d'un Personal ID.

6. Conséquences politiques et sociétales

Le Private Data Act a eu des conséquences immédiates. Son impact sur le comportement social a très vite été au-delà des prévisions. En particulier, le "marquage" des informations rendues publiques, au moyen du Personal ID de leur expéditeur ou leur créateur, a assaini les réseaux d'influence, en réduisant (sans pouvoir les faire disparaître complètement) l'action des rumeurs, des propagandes, des fausses informations, des calomnies, des discours ségrégationnistes de tous type.

Par ailleurs il est rapidement apparu que la meilleure délimitation entre le "Privé" et le "Public" a contribué à rendre possible, en marge du domaine ouvert, l'émergence de "groupes" ou de "tribus" copropriétaires de données privées, et partageant des goûts, des modes, des habitudes communs. Comme le nombre de copropriétaires d'une information privée est physiquement limité à 64, la taille des groupes humains reste de facto faible, et tout prosélytisme, endoctrinement, maillage est impossible, car toute information qui sortirait du groupe deviendrait publique et donc accessible à tous.

Les sociologues ont ainsi pu observer l'émergence d'un grand nombre de "petits clubs" et d'un redéploiement salutaire de la diversité culturelle, incluant la création de micro-cultures articulées autour d'une croyance, d'un concept philosophique, d'un hobby, d'une mode qui ne sont partagés que par un tout petit nombre d'individus.

Très rapidement aussi beaucoup de ces incubateurs de 64 individus au plus s'ouvrent en déclarant public un ensemble d'informations déjà fortement structuré, qui peuvent alors, au grand jour, ou disparaître ou faire école.

Ce livre a été imprimé par BoD-Books on Demand, Norderstedt, Allemagne

Dépôt légal : juin 2018